銀河叢書

燈　火

三浦哲郎

幻戯書房

目次

燈火

第一章　音

一

（あれは、なんの音だったろう）

窓からは晩夏の澄んだ青空しか見えない病室のベッドで、点滴注射を受けながら、自分がここへ運び込まれた日のことを、馬淵《まぶち》は思い出している。

自分は、街のステーキ・ハウスの軒下に佇んでいた。その店で昼食をしてきたばかりで、連れが会計を済ませて出てくるのを待っていたのだ。大して暑くもなかったのに、なぜか顔や首筋から汗がとめどもなく噴き出て、拭く手を休めるいとまがなかった。

不意に、あの音がした。それは、自分のからだのなかで起こった。あまり細くもない、濡れた紐が、強い力で左右に引かれて、切れたような、ぶつっ、という湿った音であった。音はいちどきりだったから、場所は定め難いが、鳩尾《みぞおち》のあたりではなかったろうか。

その音を聞いた瞬間、あ、なにかが切れた、と思ったが、鳩尾のあたりに濡れた紐のようなものがあって何者かがそれを左右に引っ張っているとは思えない。これまで、からだのなかで起こるさまざまな音を聞いてきたが、これは初めて耳にする音であった。

その直後、頭からすっと血が退くのがわかった。視野が揺れ、脚から力が抜けてふらふらとし、辛うじて石畳の歩道を横切っていって、並木のプラタナスに両手で摑まった。

連れが、やっと店から出てきた。

「お待ち遠さま。そこで待っててくださいな。すぐ車を持ってきますから。」

背後でそういう声がしたが、自分は振り向くこともできずに、足音が小走りに脇の駐車場へ遠退くのを聞いていた。

やがて連れの運転する車が駐車場を出てきて、歩道に寄せて停まった。目の前に助手席のドアが開き、どうぞ、という連れの声がした。けれども、自分は独りでプラタナスの幹を離れることができなかった。連れは、そのとき初めて自分の異状に気がついたようだった。

「口の端から、なにかが……。」

と連れがいい、急いで車から降りてきた。

自分はハンカチで口の端を拭いてみた。左右どちらの端からも、チョコレートを溶かしたような緩い粘液が垂れ落ちそうになっていた。連れの手を借りて、やっと助手席におさまった。連れは、ダッシュ・ボードのなかから素早くタオルを何枚も取り出して、自分の腿の上に積んだ。

「これ、全部お使いください。吐きたければ御遠慮なく。シートを汚したって構いませんから。」

連れは、また急いで運転席に戻った。

「どんな具合です？」

自分は、まるめたタオルを口に当てたまま黙っていた。自分のからだのなかでなにが起こったのか、いまの気分をどういう言葉で伝えればいいのか、わからなかったからだ。いや、それよりもなによりも、なかからなにが飛び出すか不安で、うっかり口をひらく気になれなかったのである。

「病院へいきましょう。」と連れがいった。「拝見してますと、とてもお苦しそうです。心配です。」

連れは、自分の様子を只事ではないと見ていたようだが、自分は医者にかかるほどのことではないと思っていた。病院へいくよりも、早く宿泊しているホテルに戻りたかった。ホテルに戻って、喉元まで込み上げてきているものをすっかり吐き出してしまいたかった。

この市は、自分の生まれ育った街だが、生家はすでになく、所用などで訪れた際は旅人のようにホテルに泊まる。このたびは、一年あまりも背負いつづけてきた厄介な仕事の重荷をようやく下ろし、ひさしぶりに羽根を伸ばすつもりで帰郷して、数日前から常宿にしているホテルに滞在していた。

口を抑えているタオルの隙間から、ひとまずホテルへ戻って様子を見ることにしたい、と連れに小声で伝えると、声と一緒にチョコレートを溶かしたような粘液が口から溢れて、ワイシャツの胸にしたたった。ネクタイがなくなっていた。連れが首を弛《ゆる》めたついでに抜き取ってくれたのだろうか。

そこからホテルまで、わずか十分ほどの道程であったが、ホテルに着いたとき、もはや自力でシートから腰を持ち上げることができなくなっていた。連れがいつの間に連絡したのか、ホテルの玄関には四、五人の若いボーイが車椅子を用意して待ち受けていた。そのボーイたちの手で、車の助手席から車椅子に移された。

部屋は八階の奥であった。エレベーターで八階まで昇った。自分の部屋の手洗いまで早く辿り着きたかったが、間に合わなかった。多量の吐血に見舞われたのは、部屋に入った直後であった。

車椅子を囲んでいたボーイたちが、飛び退いた。堪えていた間に固まりかけていた血は、いちど口を衝いて出ると、あとは無数の塊となってひとりでに噴き出し、胸を滑りおちて股間を埋め、腿を弾むように転げて絨緞に跳ねた。

二

あの日、ステーキ・ハウスの軒下に佇んでいたとき、自分のからだのなかで突然起こった耳馴れない音のことを時々思い出すようになったのは、救急車で運び込まれた病院の個室で、担当の医師に、危機はすでに去ったと知らされてからであった。

病名は胃潰瘍で、切らずに治すとすればおよそ一カ月の入院が必要だということであった。切れば治りが早いというが、五十を過ぎたらなるべく血は流さぬがいいと聞いていたから、用心して急がぬ方を選んだ。

（あれは、なんの音だったろう）

馬淵は、なにかの拍子に、ふと思い出しては首をかしげるような気持になる。担当の医師に尋ねれば手っ取り早いのだが、どういうものか、医師と話している間はあの音のことなどすっかり忘れているのだ。

偶《たま》には、唐突に思い出すこともあるが、口籠っているうちに医師が病室を出ていってしまう。馬淵は、寝たまま右手を振って指を鳴らす。どうしてさっさと尋ねられないのか。はにかみ屋だから、いい齢をして瑣末なことにこだわっていると思われるのが恥ずかしいのか。それとも、臆病だから、とんだ藪蛇になるのを怖れているのか。

馬淵のいる病棟で最も気さくらしい看護婦が、血圧を計りにきたとき、それとなくあの音のことを尋ねてみたことがある。

「濡れた太目の紐が切れたような、ぶつっという音ですか。」

彼女は、しばらく窓の外へ目を細めていたが、やがてゆっくりとかぶりを振りながら、

「わかりませんねえ。濡れた太目の紐というと、まず血管を想像しますが、そんな血管が切れたとしたら、とてもこうしちゃいられませんからね。なにか別の音だったんでしょう。」

といった。

「別に、なんの音が考えられるかな。」

「豪勢な御昼食の直後だったんですって？」

看護婦は、悪戯っぽい目で彼を見ていった。

「豪勢って、ワインでステーキを食べただけだけど。」

「ステーキなら豪勢ですわ。それに、﨟長《ろうた》けた御婦人と御一緒だったそうで。」

馬淵は、看護婦の口から唐突に思わぬ雅《みやび》な言葉が飛び出したのに驚いて、笑い出した。

「﨟長けたなんて、ひさしぶりに聞いたな。だけど、それがあんな不粋な音とどんな関係があるの？」

「そんな御婦人とのお食事ですから、つい、お肉の咀嚼の方がおろそかになったかもしれないじゃありませんか。」

そういわれると、そんなことが全くなかったとはいい切れぬような気が馬淵にはした。

「咀嚼の足らない、まだ固さが残っているお肉を無理に嚥《の》み込んで、席をお立ちになったから、そのお肉が胃のなかを動いて、潰瘍の患部を突き破ったんじゃないでしょうか。」

なるほど、と馬淵はいった。

「つまり、碌に嚙まなかった肉が胃壁を突き破ったときの音だったんだね？」

「私には、そうとしか思えませんけど。」

多分そんなことだったのだろう、と彼も思った。

看護婦が仕事を終えて病室を出ていってから、馬淵は、あの音をもういちど耳の奥によみがえらせてみた。まさか、自分のからだのなかで臓腑が破れる音を聞くことになるとは思わなかった、と彼は心に呟いた。それから、これとよく似た音を、前にどこかで聞いたことがあるような気がした。勿論、自分のからだのなかではなく、ほかの誰かの体内で起こった音である。

馬淵は、天井に目を向けたまま古い記憶を探ってみたが、容易に見つからなかった。ただ、そんな気がするだけかもしれない。彼はそう思い、思い出すことを諦めた。

三

午後の眠りから醒めて、馬淵は驚いた。枕許からいくつかの人影が互いの頭を触れ合わせるようにして自分の顔を覗き込んでいたからである。

醒めたばかりの目が眩しく、こちらを覗き込んでいる顔は翳っていて、どういう連中なのかわからなかったが、

「あ、気がついた。」

と、ちいさく叫んだのが三女の七重だということは、声ですぐわかった。

すると、枕許を囲んでいる顔の一つ一つが急にはっきりと見えた。東京の家で暮らしているはずの、彼の家族であった。妻の菊枝、出版社に勤めている長女の珠子、画廊で働いている次女の志穂、それに女子大生の三女。みんな顔をそろえているな。すると、自分はいよいよ重態に陥っているのか。彼は冗談のようにそう思い、まさかと自分で打ち消した。

「やあ、きてくれたんだね。遠いところを御苦労だったな。」

なにもいわずに肩で吐息をする妻と目が合い、彼は面映ゆくてせわしく瞬きをした。

「大丈夫？　お父さん。」

と次女がいった。

「勿論、大丈夫さ。いまだって、意識を失ってたんじゃなくて、ただ眠っていただけなんだ。それを、七重が、あ、気がついた、なんていうもんだから、逆にこっちが、気を失っていたのかと錯覚したよ。」

「でも、お父さんは血をたくさん吐いたんでしょう？」

と、七重が頬を赤らめながらいった。

「吐いたけど、からだのなかで出血したとき、急に手足から力が抜けて気が遠くなりかけただけで、そのあと意識はずっとはっきりしてるよ。」

「胃は痛まないんですか？」

と長女がいった。

「それが痛まないんだよ、全然。自分でも不思議なんだけど。」

「胃潰瘍はひどく痛むって聞きますけどね。」

「そうらしいが、僕は痛まない。潰瘍が出来た場所がよかったのかもしれないけど、薄気味悪いよ。」

「でも、思ったより元気で、安心したわ。」

妻がまた大きな吐息してからそういうと、長女と顔を見合わせてうなずき合った。

馬淵が吐血して入院したという知らせは、最初ホテルから入ったらしい。けれども、家族は誰も納得できなかった。馬淵には、高血圧の持病があり、六、七年前にいちどその持病の治療で入院したことがあったが、突然吐血するような病気とは縁がないはずであった。それで、夜になってから確認の電話をしてみると、吐血は胃潰瘍によるもので、生命に別状はなく、いまは病人も容態も落ち着いている、という返事であった。

妻が、それにしても病人の様子をいちどこの目で見てこないではいられないというと、娘たちも即座に同調した。ところが、折悪しくその日の未明から台風が日本列島を吹き荒れていて、交通機関はあちこちで寸断され、北への長旅はとても無理な情況であった。仕方なく、二、三日様子を見てから、何種類かの乗物を乗り継いで、ようやく馬淵の郷里に辿り着いたのであった。

勤めや学校のある娘たちは、一晩だけ彼が常宿にしているホテルに宿泊し、翌日、妻を残して東京へ引き揚げていった。

その日の昼前に、妻が病院へきて、

「ホテルの人の案内で、あなたの血を浴びた衣服を見てきたわ。」

といった。

朝、部屋で外出の身支度をしていると、年輩の客室係がきて、御主人の血で汚れた衣服をどうなさるおつもりか、と妻に尋ねた。その客室係によれば、ネクタイ、ワイシャツ、下着類はもとより、スーツも芯まで血が滲み込んでいて、洗濯したぐらいでは二度と着用できまいと思う、靴もたっぷり血を吸い込んでいる、一度ごらんになって、処分なさるのであれば、ホテルでお引き受けしてもいい、ということであった。

貴重品は透明なビニール袋に、衣服類は濃いブルーのビニール袋に分けられて、馬淵の部屋の隅にひっそりと置かれていた。ふと、遭難者の遺品のように見えて、妻は膝が微かに顫《ふる》えた。

透明な袋からは、財布と小銭入れとベルトを抜き取った。濃いブルーの袋は、口を開けて見る勇気がなく、ずっしりとした袋ごと、すこし持ち上げて、揺さぶってみた。

「そうしたら、なにやら音がきこえるのよ。」

「音が？」

「袋のなかでね。ちいさな音が。」

と妻はいった。

四

それがなんの音だったのか、馬淵には全く見当がつかなかった。

「どんな種類の音だった？」

「そうね、かわいらしい音。」

と妻の菊枝がいった。

彼は、なんとなくほっとした。すると、急に勘が働き出した。

「かわいらしい音……鈴の音か？」

「正解。気がついてた？」

「……気がつくって？」

「スーツの上着の内ポケットの底に、簡単に縫い込んでおいたんだけど。」

「鈴をか？」

「鈴のついたお守袋をですよ。」

と妻はいった。

これまでの馬淵の旅行といえば、例外なく取材にまつわるもので、東京の下町育ちで神仏を身近に感じている妻の菊枝は、以前から、馬淵の旅行着のどこかに氏神様のお守をこっそり縫い込んでおくのがならわしであった。今回は、休暇のつもりの、いわば遊びの旅だったから、お守は省略かと思えば、案に相違してちゃんと縫い込んであったらしい。

「ただ、夏服だから全体に薄くて、目立たないように縫い込むのに適当な場所がないの。それで、汗が染みないように布袋入りのにして、上着の内ポケットの底に軽く縫い留めておいたんですよ。だって、いくら遊びの旅でも、いつ、どんな災難が降り掛かってくるかわからないもの。」

現に、若いころからのいささか乱暴な飲酒にも平然と持ち堪えてきた馬淵の胃袋が、うっかり咀嚼を怠ったたった一つの肉片のために脆くも突き破られている。

八月の末で、馬淵の郷里のある北国では、残暑が急速に衰えて秋冷の日が多くなる時分だが、暑がりの馬淵は半袖シャツに薄手のブルゾンで過ごしていた。知合いの婦人とステーキ・ハウスで会食したときはスーツで出かけたが、そういえばホテルで身支度をしていたとき、微かな鈴の音を耳にしたような気がする。けれども、まさか自分が鈴のついたお守袋を持たされているとは思わないから、ほとんど気にも留めなかったのだ。

「気がつかなかったな。」と馬淵はいった。「上着の内ポケットなら血が滲み込んでいたろうに、よく鈴が鳴ったものだ。」

「私も気が動顚《どうてん》して、お守袋のことをすっかり忘れていたから、もし鈴が鳴らなかったら、あのビニールの袋ごと処分して貰ったでしょうね、きっと。」

なかにお守袋があることを思い出したからには、このまま捨ててしまうわけにはいかない。このお守のおかげで、夫は命を落さずに済んだかもしれないのである。妻はそう思って、客室係に、この袋のなかの洋服からお守を取り出したいのだが、といった。すると、客室係が、それでは自分が取り出して差し上げましょう、といい、制服の上着を脱ぎ、腕時計を外し、ワイシャツの両袖を捲り上げてから、ビニール袋の口を開けに掛かった。

「お守は、お洋服のどこに入れてあるでしょう。」

「確か上着の左の内ポケットだったと思いますが。」と妻はいった。「そのポケットの底に糸で留めてありますから、糸は引きちぎってください。」

「左の内ポケットの底ですね？」

客室係は、端整な顔をしかめ、両手でビニール袋のなかをまさぐりながら、いまにも泣き出しそうな声でいった。

「ごめんなさい。こんなひどいことをお願いして。」

妻は彼が気の毒になり、誰もが厭がるような仕事を気易く頼んでしまったことを後悔していた。

やがて、客室係がビニール袋から手を抜いた。片手に見憶えのあるお守袋が握られていて、あまり冴えない鈴の音がした。

「これでございますね？」

「間違いありません。」

妻は厚く礼をいって、お守袋をひろげたティッシュ・ペーパーに受け取った。さっきまで紙のように白かった客室係の顔に、血の色が戻っていた。彼は、大股で浴室へいって水音をさせた。

あのとき、胸は凝固しかけた血塊の雪崩道《なだれみち》だったから、てっきり内ポケットにも血が滲みたろうと思っていたが、意外にもお守袋には血の汚れがなかった。

「あなたの命綱かもしれないから、大事になさいな。」

妻はそういって、いちど耳許で鈴を振ってみてから、お守袋をサイド・テーブルの上に置いた。

五

入院して半月ほど経ったころのある日、看護婦たちがいつもドアを細目に開けておく入口から、こんにちは、という聞き憶えのある若い女の声がきこえた。

馬淵には、それが自分の娘の声だということが、すぐにわかった。けれども、三人いる娘のうちの、何番目なのかはわからなかった。娘たちは、それぞれ四つちがいだが、少女時代はともかく、成長するにつれて声の区別がつかなくなった。三人とも、母親の声に似てくるのである。

三女、と馬淵は見当をつけて、枕から頭を擡《もた》げて見た。女子大生の三女が最も時間の都合をつけ易いからである。けれども、ちがった。ドアから首を突き入れているのは、意外にも長女の珠子であった。都心の出版社に勤めている珠子が、いまどきこんなところにいるのはおかしい。

「珠子じゃないか。どうしたんだ。まあ、入れよ。」

と彼はいった。

「御気分はいかがですか?」

といいながら珠子は入ってきた。偶に見かけるラフな旅装で、黒い布製のバッグを手に提げている。

「旅行の帰りか。」

「そう。出張で北海道へいってきたの。」

北海道在住の作家を訪ねた帰りで、まっすぐ帰京する予定だったが、札幌の空港で、この市を経由して羽田まで飛ぶ便があることを知り、その便で札幌を発ってこの市の空港で降りたのだという。

「ちょっとお父さんの様子を拝見していこうと思って。元気そうね。すこし太ったみたい。顔色もいいし。」

馬淵は、ちかごろ主食がやっと三分粥か四分粥になったことや、数日前に胃カメラを嚥んでみて、胃壁の破れたところがほぼ塞がっているのがわかったことなどを話して聞かせた。

「じゃ、また破れて吐血したりはしないのね？」

「よほど無茶をしなければね。」と彼はいった。「傷口がしっかり塞がってしまえば、もう簡単に破れることはないだろう。」

「じゃ、もう話してもいいかな？」

と長女は悪戯っぽく笑っていった。

「……なんの話だ。なにか隠していたことでもあるのか。」

「隠してたわけじゃないけど、縁起でもないから話さないでおこうと思っていたことはあるの。でも、もういいわね、胃の傷口が大体塞がったんだから。」

「なんでも話せよ。」

と馬淵はいった。

長女が打ち明けたところによると、縁起でもないと話すのを遠慮していたのは、七、八年前に病死した飼犬のことであった。

その飼犬は、雄のブルドッグで、血統書には長々とした厳めしい名前が記載されていたが、家族はカポネという渾名で呼んでいた。カポネというのは、アメリカのギャングの首領であったアル・カポネにちなんだものだが、別段、極悪非道な性格の持主だったからではなくて、ただ、葉巻をくわえさせれば似合いそうな、いかにもギャングの首領を思わせる風貌をしていたからだ。

ここで、カポネのみならずブルドッグという犬種の名誉のために明記しておかねばならないが、この犬種は、獰猛そうな容姿とは裏腹に、穏和で心優しく、飼主とその家族には従順忠実で、まことに愛すべき番犬なのである。

ただ、長年にわたって改良に改良を重ねた犬種だから、そのひずみによるいくつかの弱点があり、純血種は残念ながら長命とはいえない。フィラリアという寄生虫に対してほとんど抵抗力がないからだ。

馬淵家でも、カポネを家族の一員のようにして親しんでいたが、夏、フィラリアを媒介する蚊の襲撃から守ってやることができなかった。カポネは、四歳の半ばごろから急に衰えが目立ちはじめ、五歳になってから発病した。食欲がなくなり、好物を与えてもすぐに戻した。

動物は食欲がなくなると、見る見る窶《やつ》れる。カポネにも首領の貫禄がなくなった。三下《さんした》のように痩せてしまった。

ブルドッグ専門の獣医に診《み》せたが、もはや手の施しようがないといわれた。腹水が溜まって、後肢が立たなくなった。カポネは、前肢だけで自分がきめた庭の一隅まで異様に膨れた下半身を引きずっていき、嘔吐したり排便したりした。家族は、そんなカポネになにもしてやれなかった。獣医は毎日きて注射をしてくれたが、気休めにすぎなかった。

カポネが死んだのは、梅雨に入る少し前で、霧雨の降る午後であった。

六

「あのときのこと、憶えてます?」

と長女がいった。

「それは憶えてるさ。」

馬淵はそう答えてから、ふと、ステーキ・ハウスの軒下で耳にした、ぶつっという自分のからだのなかで起こった音と、何日もしてからこのベッドの上で、あれとよく似た音を前にどこかで聞いたことがあるような気がしたことを思い出した。

「あたしも、もう高校生だったから、よく憶えてるの。」

と長女はいって、カポネが息を引き取ったときの記憶を語った。

カポネの寝場所は、もともと普通の犬小屋ではなくて、容易に移動できるようにちいさな車輪のついた檻だったのだが、腰が立たなくなってからはそこへの出入りが困難になって、もっぱら前の地面に敷いてやった古毛布に寝ていた。

そこに横たわったまま動けなくなり、獣医が山だといった夜をどうにか生き延びたものの、翌日の昼過ぎに、家族みんなに看取られて死んだのだが、

「そのちょっと前に、突然むっくりと起き上がったでしょう。」

起き上がったといっても、前肢でだけだが、そのまま力を振り絞るようにして、立たなくなった腰を霧雨に濡れた地面に引きずりながら庭の隅のいつもの場所に辿り着き、けれども、ちょっとにおいを嗅ぐような仕草をしただけで引き返してきた。

「そうだった。どういうつもりだったか知れないが、痛々しかったな。おまえがタオルでカポネのからだを拭いてやった。」

「あたしはね」と長女がいった。「あとで、あのときカポネはあそこへ後肢で土を掛けにい

ったんじゃないかって思ったの。ところが、せっかくあそこまでいったのに、腰が立たない。で、がっかりして戻ってきたんじゃないかって。」

なるほど、と馬淵は思った。

「カポネは毛布に戻ってから」と長女はつづけた。「前肢を立てたまま水を飲んだでしょう。あれがいけなかったんじゃないかしら。だって、あのあと、真っ黒い水みたいなものを、どっと……。」

「ちょっと待て。」と馬淵はいった。「あの黒い液体を大量に吐く直前に、なにか音を聞かなかったか?」

「音?　どんな?」

「濡れた太い紐が切れたような、ぶつっという音が、カポネのからだのなかでするのを。」

「カポネのからだのなかで?」

長女は笑い出したが、彼は、そのとき突然思い出したのだった。前にどこかで聞いたと思ったあれとそっくりの音は、死んでゆくカポネの体内で起こったのだったということを。

「その音はともかく」と長女はいった。「お父さんがたくさん血を吐いて病院へ運ばれたって聞いたとき、あたし、悪いけど、カポネが黒いものをどっと吐いたときのことを思い出したの。」

「それで、多分助からないと思ったんだろう、カポネみたいに。」

カポネは、吐き出した腹水だと思われる多量の黒い液体のなかへ、ゆっくり顔を沈めて息絶えたのであった。

「ごめんなさい。」

長女は、涙ぐんだまま笑った。


カポネの骨は、馬淵が夏の仕事場にしている信州八ヶ岳山麓の、カラマツ林のへりに埋めてある。仕事場で独り夜ふかしをしていると、カポネが夜遊びに出かける合図に、机の前の板壁に強《こわ》い短毛の密生した横腹をゆっくりとこすりつける音がきこえる。

第二章　花

一

なにがきっかけだったか、もう憶えていないが、馬淵は、十年ばかり前の一時期、ラジオ・カセットでエフエム放送のクラシック音楽をテープに収録するのに凝ったことがある。

いまでもそうだが、クラシック音楽は、ラジオでは平日の午前中に放送されることが多い。なかには、早朝からはじめて、短いニュースや気象情報をはさみながら、昼近くまでクラシックをつづけている局もある。それで、そのころの馬淵は、夕食のあと数時間仮寝をし、深夜から夜が明けるまでを仕事に当てて、あとは昼近くまで、寝酒をちびりちびりやったり、時には胡坐《あぐら》の膝に頬杖を突いて居眠りしたりしながら、ラジオ・カセットのそばで過ごすのがならわしであった。

好きな古典的な作曲家が五人ほどいて、彼等の放送された作品は悉く《ことごと》テープに収めた。それらのテープには、いちいち作曲家と曲名を書いたラベルを貼りつけ、陶器の壺かなにかが入っていたと思われる、深みのある古い木箱に入れておいた。

けれども、この木箱からテープを取り出して再生させることは、なかった。これは、そのころの馬淵の関心が、音楽そのものよりも、ラジオ・カセットという機器の操作の方にあったという証拠だろう。音楽を聴くことよりも、それを自分でテープに録音することの方が楽しかったのである。

子供のころから、機械類とは全く無縁に育った彼は、当時まだ中学生だった次女の志穂から、ラジオ・カセットの扱い方を教わると、忽ち擒《とりこ》になってしまった。いい齢をして、と自嘲しながらも、よすことができなかった。当然のことながら、収録済みのテープは増える一方で、やがて木箱は一杯になった。

そのころから、ようやくラジオ・カセットいじりの熱が冷めはじめた。好きな作曲家の目ぼしい曲はほとんど収録し終えたし、それらを再生させるのに必要な時間の厖大さを考えて、改めて驚いたりしたからだろう。

ある時期から、馬淵はテープ録音を全くやめて、木箱に採り溜めたものをいくらかでも再生させて聴くことにした。なかでも、特に気に入っていた二本を木箱から出しておき、毎日仕事の合間に代わる代わる聴いた。それらを聴いていると、頭の底に沈んでいる苦渋の澱《おり》が、次々と泡のように浮かび上がっては消えてゆくような気がするのである。

何ヵ月かして、別の二本に替える。また何ヵ月かして、別のに替える。彼の記憶のなかでは、ある仕事と、それを完成させるまで繰り返し聴きつづけたある曲とが、固く結びついている。

二

吐血して、郷里の総合病院に二ヵ月入院していた間、それまでは相当なヘビー・スモーカーだった馬淵は、煙草をいちども口にしなかった。救急車で運び込まれてすぐ、胃潰瘍には煙草が一番有害なんです、と婦長に煙草とライターを取り上げられ、その後の十日ほどは煙草どころではなく、やっと人心地がついて煙草を思い出したときには、もう吸いたいとも思わなくなっていた。吸わずにいても、なんの苦痛もなかった。

ところが、退院して東京の自宅へ帰ってから、困った。それまで彼は、煙草をペース・メーカーのようにして暮らしていたからである。なにをするにも、ここで一服、というポイントがあった。煙草がないと、暮らしにアクセントがなくなるのである。

煙草を吸っても、もはや周囲に強く咎める人はいなかったが、どういうものか、彼には全く吸う気がなくなっていた。それならと、煙草に代わるものを探してみたが、見つからなかった。

仕方なく、ここで一服、というポイントで木箱のテープを再生させて聴くことにした。これは、悪くなかった。年甲斐もない遊びが、思わぬところで役立った。

退院帰宅してから一月《ひとつき》ほどしたころのことである。彼は、いつものように木箱を掻き回しているうちに、底の方から、ラベルに〈モーツァルト・クラリネット五重奏曲〉と書いてある一本を見つけた。好きな曲の一つだったので、さっそくそのテープを再生させた。

よほどいい条件に恵まれた放送だったとみえ、雑音の全くない上出来な録音であった。彼は陶然とした。ところが、しばらくすると、これまでいちどもなかった異変が起きた。曲が途中でぷつんと切れてしまったのである。

スイッチに手を触れたわけではなかった。ラジオ・カセットは脇机の上にあり、彼は坐椅子にもたれ掛かって両手を頭のうしろに組んでいた。それなのに、なぜか音楽は、ひとりでにぷつんと途切れたのであった。

おや。どうしたんだろう。そう思いながら彼は身を起こし、ラジオ・カセットに目を近づけた。テープが切れたのではなかった。テープはさっきまでとおなじようにゆっくりと回転していた。どこにも異常がなさそうなのに、音楽だけがきこえないのだ。

彼は、再生のスイッチを切り、テープを最初まで巻き戻して、やり直した。さっきのようにいい音楽が流れ、流れつづけた。けれども、しばらくして、あるところまでくると、さっきと同様、音だけがぷつんときこえなくなった。

機械には全く無知な彼には、そうなる原因がまるでわからなかった。教わったことは憶えているが、そこから一歩外れると、もうなにもわからなくなるのである。とにかく、このままにしておいてみよう、と彼は思った。テープが回っているのだから、いずれ音が戻ってくるかもしれない。いたずらに、よく知らないスイッチに触れるのは禁物である。

彼は、机の上のやりかけの仕事の上に、なかでテープが回っているラジオ・カセットを脇机からそっと移し、自分は睨めっこをするようにその前に両肘を突いて、耳を澄ましていた。

すると、なにかがきこえた。音楽ではない、ちいさな物音であった。彼はスピーカーに耳を寄せた。紙を破る音にきこえた。破るというより、ちぎるような音である。その音がやんで、なんだかわからないかさこそという音がし、すこし間をおいてから、カチッと金属性の音がした。
いまのはライターの音だ、と彼は思った。しかも、自分が使っているライターとそっくりな音であった。それなら、最初にきこえた紙をちぎるような音は、新しい煙草の袋の口を開ける音だろう。彼には、煙草の袋の口を切るとき、左右どちらかの端の銀紙を正方形にちぎり取る癖があった。そのあとのかさこそは、指先で煙草を一本摘み出す音である。それをくわえて、ライターを点ける。案の定、深く吸い込んだ煙を長々と吐き出す音がきこえた。それから、聞き馴れた自分の咳。

これは自分だ、と彼は思った。音楽の代わりに、煙草を吸う自分がテープに録音されているのだ。どうしてそういうことになったのか、彼には理解できなかったが、自分が録音されていることは、もはや疑いの余地がなかった。

ただ、彼にわかったのは、録音されている自分は音楽が途切れたのに全く気がついていないということだけであった。もし音楽の中断に気づいていたら、自分はさぞかし驚き、動揺したにちがいない。ところが、自分はおろおろするどころか、平然と煙草など吸っている。これは、音楽の異常をつゆ知らずにいた証拠である。

おそらく、そのとき、エフエム放送の音楽は、順調に、淀みなくつづいていたことだろう。

ただ、その放送を録音する機能だけが、なにかの拍子に、突然失われたのだと考えるほかはない。

彼は、なおも沈黙したラジオ・カセットに鼻先を近寄せて、聞き耳を立てていた。その結果、音楽の代わりに録音されているのが自分だけではないことがわかった。すこし離れたところで、まだ元気だったカポネの吠えるのがきこえた。カポネは中庭にいるらしく、そのあたりからまだ小学生だった三女の七重の燥《はしや》ぎ声もきこえてきた。

小学生が平日の午前中に家にいるということは、この日は休暇中だったのだろうか。そう思った直後、彼は思いがけない人の声を耳にして、息を詰めた。笑いながら七重となにか話している。誰の声かはわかるのだが、なにを話しているのかはわからない。

彼は、音量を上げるスイッチを知っているはずであったが、うろたえていたせいか、どれだかわからなくなっていた。自信のないスイッチをいじって、せっかくの声を消してしまってはいけない。彼は、そのまま耳を澄ましていた。

不意に、音楽が戻ってきた。彼はちょっと驚いてラジオ・カセットから顔を遠ざけた。音楽は、さっき途切れたところからはじまったのではなかった。彼が中庭の人声に耳を傾けたりしている間にも、音楽は確実に進行していた。やはり、放送にはなんの支障もなくて、いちどなにかの拍子に失われた録音の機能が、またなにかの拍子によみがえったにすぎないのだ。

無論、彼の立てる物音も、カポネの吠え声も、中庭の人声も、もうきこえなかった。モーツァルトのクラリネット五重奏曲は、滞りなく終わった。

三

その日の夕食のデザートは、マスカットであった。家族は、小皿に幾粒かずつ取り、一つずつ指で丁寧に薄皮を剝いて、口へ滑り込ませた。

馬淵家の家族が、全員、一つの燈火の下に顔をそろえるのは、月に何日かの、この時間だけである。

父親の馬淵は、自分のデザートを食べ終えると、お絞りで指先の果汁をきれいに拭き取り、自分の部屋から例のテープをセットしたラジオ・カセットを持ってきた。

「今日は、みんなに是非聴かせたいものが見つかってね。」

そういってラジオ・カセットを食卓の中央に置くと、長女の珠子が呆れたように彼の顔を

見上げて、

「お父さん、まだ凝ってるんですか？」

といった。

「テープ作りの熱は、とっくに冷めたさ。」と彼は顔をすこし赤らめていった。「いまは、前に作ったテープを煙草を吸う代わりに聴いてるだけだけどね、今日、偶然珍しいやつに当たったんだ。」

「お父さん」と、そのとき三女がいった。「あたし、今夜レポートを書かなきゃならないんだけど。」

「おまえのレポートの邪魔はしないよ。」と彼はいった。「なにも一晩中テープを聴かせようというんじゃない。」

「でも、お父さんのテープは睡魔を呼び寄せる笛みたいなもんなんだもの。」

クラシック音楽の嫌いな三女は、口を尖らせていった。

「いや、今夜のは別だ。なにしろ、おまえも出てくるんだから。」

彼がそういうと、みんなは口々に驚きの声を上げた。

「それ、どういう意味？　お父さん。」

と次女がいった。

「まず、聴いてもらおう。聴けば、なにもかもわかるよ。」

彼は、テープをスタートさせるスイッチを押して、椅子の背にもたれた。モーツァルトが流れはじめた。

「あぁあ」と七重が天井を仰いだ。「やっぱり、睡魔を呼ぶ笛じゃない。」

「十分ばかり我慢してくれ。」

と彼はいった。

長女は校正刷のようなものを読みはじめ、次女は毛糸編みをはじめた。三女は眠気醒ましのつもりなのか、首の回転運動をしたり、拳で左右の肩を代わる代わる叩いたりしている。妻の菊枝だけは、なにもせずに、時々不安げな視線を彼の顔に向けている。この音楽のなかからなにが飛び出してくるか、見当もつかないのだ。

不意に、音楽が止まった。女たちは一斉に顔を上げて、ラジオ・カセットを注視した。

「テープは回ってるわ。」

長女がそういって、訝《いぶか》しそうに彼を見た。

「どうしてこういうことになったのか、僕にはわからない。」と、彼は正直にいった。「テー

郵便はがき

料金受取人払郵便

神田局承認

3128

差出有効期間
平成30年5月
31日まで

101-8791

514

千代田区神田小川町3－12
岩崎ビル2F

幻戯《げんき》書房
愛読者カード係　行

お支払いは、本といっしょに郵便振替用紙を同封致しますので、最寄りの郵便局で本の到着後一週間以内にお支払いくださるようお願い致します。（送料はお客様ご負担となります）※電話番号は必ずご記入ください。

書名	定価　円	冊
書名	定価　円	冊
お名前　TEL.		
ご住所　〒　—		

愛読者カード

●お買い上げの書名をご記入下さい。

●お名前	●ご職業	●年齢	男 女

●ご住所

〒　　　　　　　　　　　　　　　　　　TEL

●お買い上げ書店名

区・市・町　　　　　　　　　　　　　書店

●本書をお買い上げになったきっかけ

1.新聞（書評/広告）　新聞名（　　　　　　　　　　　　）
2.雑誌（書評/広告）　雑誌名（　　　　　　　　　　　　）
3.店頭で見て
4.小社の刊行案内
5.その他（　　　　　　　　　　　　）

●本書について、また今後の出版についてのご意見・ご要望をお書き下さい。

幻戯書房営業部　TEL 03-5283-3934

プには、音楽は入ってないが、ほかのが入ってるよ。」

「ほかの？　ほかのなにがです？」

と妻がいった。

「いまにわかる。さあ、耳を澄まして。」

彼は次女に、音量をすこし上げるように命じ、次女は真顔でいわれた通りにした。

一服する彼が立てる一連の物音。

「あ、いまのはあなたの咳。」

と妻がいった。

「カポネが吠えてるわ。」

と長女がいった。

突然、三女が立ち上がった。

「いまの声は、あたしよ。多分、小学校のころの。それから、あたしと喋ってるのは……。」

三女は絶句して、隣にいる母親にそっと抱きついた。

「お祖母ちゃんのようね。」

と長女がいった。

食卓の上に、予期しなかった沈黙が下りた。

三人姉妹が親しんだ祖母も、カポネも、すでにこの世にはいないのである。

四

家族は、息を詰めてカセット・テープが偶然録音していた声や物音をできるだけ多く聴き取ろうと耳を澄ましていた。けれども、馬淵が立てるちいさな物音と、カポネの吠え声と、三女の七重と彼女の祖母との不明瞭なやりとりのほかには、なにもきこえなかった。

やがて、ふたたび音楽がはじまった。みんなは、呪縛を解かれたように吐息をし、互いに顔を見合わせた。

「お祖母ちゃんの声が懐かしかったわ。」

祖母が年老いてからの初孫で、ほとんどその猫背で育てられた長女の珠子は、目を潤ませていた。

「お祖母ちゃんもカポネも、とっくに死んでるのに声だけは生きている。なんだか変な気持になったわ。」

と、次女の志穂がラジオ・カセットの音量を下げていった。

するとそれまで黙っていた三女が、

「あたし、思い出したわ、いまのテープのなかでお祖母ちゃんとなにを話していたかを。」

と、焦点を結ばない目を宙に上げていった。みんなの目が三女の顔に集まった。

「カポネが元気に吠えてたし、あたしの声の感じからすれば、いまから十年ぐらい前のことだと思う。ということは、あたしが小学校の四年生ぐらいで、季節は春。」

「春?」と、次女が驚きの声を上げた。「どうして春だとわかるの?」

「わかるのよ、あたしには。」と三女はいった。「春も三月中旬。」

へえー、とみんなは七重の記憶のよさに呆れた。

「あとのことはともかく、十年ぐらい前というのは当たっていそうだな。僕がエフエム放送をテープに採りはじめたのはそのころだからね。」

と馬淵は末娘を援護するようにいった。

「それに、春っていうのも、わかるような気がするわ。」と長女がいった。「お祖母ちゃん、病気になる前はよく田舎から出てきたじゃない。勿論、秋や冬にもきたけど、あたしには春が多かったような気がするんだな。上の学校へ進学したり、進級するたびに、お祖母ちゃんから直接御褒美を貰ったことを憶えているもの。」

馬淵の父は、彼がまだ学生のころに病没して、残された母は、その声が馬淵のテープに偶然収められた当時、東北も北はずれに近い郷里の町で、馬淵のきょうだいで一人だけ生き残っている姉と二人で暮らしていた。姉は馬淵より十歳上であったが、生まれつきの強い弱視で、まだ独り身であった。子供のころに習いはじめた琴が、その後苦労して研鑽を積んだ甲斐があって、そのころは郷里の町とその隣町とにわずかばかりの弟子たちと稽古場を持っていた。

田舎者の、年老いた母が、時々はらはらするような一人旅をして馬淵のところへやってくるのは、たとえ何日かでも孫たちと一緒に暮らしたいからであった。姉によると、母は何十日かにいちど理由もなく生気を失うことがある。母は心臓に持病があって町医者にかよっているが、どうやらその持病とは関係がないらしい。

母の様子がおかしくなると、姉が夜遅くなってから電話をよこす。

「また、はじまったようなの。そっちの都合がよかったら、呼んでくんせ。」

こちらの都合が悪いということは、まずない。妻の菊枝がすぐ現金書留で旅費を送ってやる。何日かすると、馬淵には馴染みの深い郷里の産物を土産に、母がいそいそとやってくる。

けれども、母はせっかく長旅をしてきたのに、指折り数えるほどしか滞在できない。郷里に残してきた目の不自由な姉のことが案じられてならないのである。

「こっちは、なんも心配ながんすえ。もっとゆっくりしておでぁんせ。」

姉はそういってくれるのだが、母はまたそわそわと旅支度に取り掛かり、別れを告げるのが辛いからといって孫たちの留守に家を脱《ぬ》け出して帰郷するのが常であった。

「おまえたちの記憶のなかで、春とお祖母ちゃんが強く結びついているのは」と馬淵はいった。「お祖母ちゃんが高齢になって、郷里で冬を越せなくなって、正月の末から三月までこの家で過ごすようになったからだよ。三月になっても、お祖母ちゃんは郷里へ帰る日を決めかねて、毎年みんなで気を揉んだものさ。」

五

「じゃ、あんたのいう通り、十年前の三月中旬だったとして」と、次女の志穂が三女の七重にいった。「あんたはお祖母ちゃんとなにを話してたの?」

「花のことを話してたのよ。咲いてる花の数を数えてたの。」

と七重はいった。

中庭にあって三月半ばに咲く花といえば、白木蓮だということは家族の誰もが知っている。白木蓮は、葉が出るより先に花が咲く。花は大振りで、年寄りの目でも容易に数えられる。七重は濡れ縁に祖母と並んで、庭のなかから塀越しに脇の路地を覆うように枝をひろげている白木蓮の樹を見上げていたのだろう。その日はよく晴れていて、青空を背景に白い花が目に沁みるようではなかったろうか。

「そういえば、お祖母ちゃんは白木蓮の花が好きだったね。花では、この花が一番好きだっていってた。」

長女がそういったが、馬淵は以前から、その母の言葉は怪しいものだと思っている。事実、母は白木蓮が好きだったらしいが、それが一番好きになったのは、この花が咲きはじめれば遠からず郷里へ帰れるという歓びが加味されてのことだったろう、というのが馬淵の推測である。

「でも、お祖母ちゃん、とうとう名前が憶えられなかったね。」

と次女が笑っていった。

「白木蓮の？」

「そう。」

「……そうでした、お父さん？」

と長女が首をかしげながら馬淵に訊いた。

「多分、志穂のいう通りだったろうな。」と馬淵は答えた。「お祖母ちゃんは、花が好きなくせに、花の名前を憶えるのが苦手だった。いくら教えても、すぐ忘れるんだ。それで、勝手に自分の好きな名前で呼んでた。」

「白木蓮は？」

「田打ち桜。」

田打ち桜のことは、妻も娘たちもあまり聞いたことがないらしかった。

「農家ではね、春になると、耕作しやすいように田を掘り返すんだ。それが田打ちで、その田打ちのころに咲く花が田打ち桜さ。」

馬淵は講釈した。

「でも、地方によって田打ちの時季がちがうから、田打ち桜もまちまちなんだ。ある土地では、田打ち桜といえば糸桜だし、別の土地では山桜だったりする。僕の郷里の田打ち桜は、辛夷《こぶし》なんだ。」

「白木蓮じゃないの？」

と志穂が意外そうにいった。

「そうじゃないんだ。僕やお祖母ちゃんの田舎には、白木蓮という樹がないんだよ。その代わり、白木蓮によく似た辛夷がある。辛夷は山野に自生して、白木蓮の倍も高く成長するけど、花は白木蓮の半分くらいだ。でも、葉が出るより先に花が咲くところは白木蓮とおなじで、まだ冬枯れのままの林のなかに、辛夷だけが枝々の先に真っ白な花をひっそりと咲かせている眺めは、とてもいい。」

「じゃ、お父さんも好きなのね、その辛夷の花を。」

と七重がいった。

「そりゃあ好きだ。お祖母ちゃんとおなじくらいにね。僕はこの家に住むことになったとき、庭にどうしても辛夷の樹が植えたくて、近くの植木市へ苗木を買いにいったんだよ。」

馬淵はそういって、そのときのことを話して聞かせた。

植木市には、残念なことに辛夷の苗木はなかった。それでも諦め切れなくて、売りに出されている苗木を縫って市のなかを巡り歩いていると、半纏を着て地下足袋を履いた初老の職人らしい男が、しゃがんで煙草を喫《の》んでいたのをわざわざ立ってきて、お兄さん、なにを探しているんで、と馬淵にいった。そこで、聞いていた娘たちは笑った。その職人らしい初老の男が、自分たちの父親のことをお兄さんと呼んだというのがおかしかったのだ。

「だって、お父さんはそのころまだ三十四、五だったのよ。」

と妻の菊枝がいった。

「まあ、お父さんは齢より若く見える方だからね。」と長女が分別顔でいった。「それに、植木を買いにいったんだから、うんとラフな格好してたんでしょう。」

「作業用のジャンパーに古ズボンで、自転車に乗っていったな。帰りには、辛夷の苗木を荷台にくくりつけてくるつもりだった。」

馬淵は、遠くなった記憶を引き寄せながらいった。

なにを探しているのかと訊かれて、辛夷の苗木が欲しいのだが、と答えると、辛夷はないが、辛夷を台木にして白木蓮を接ぎ木したものならある、と職人風の男はいって、幹の細い、ひょろりとした若木を持ってきて見せてくれた。根の部分は、土をつけたまま荒縄で網の目に編んだもので丸く包み込んであった。

男の話によると、辛夷は大木になるから普通の家の庭木としては不適当で、おなじモクレン科の白木蓮を接ぎ木したのが、この樹。これなら近所に迷惑を及ぼすほどの大木にはならないし、花は辛夷によく似ていて辛夷より大きく、豪華で、庭木として最適である。そういうことであった。

この樹は、辛夷ではないが、人間なら血液にも等しい辛夷の樹液が流れている。馬淵はそう思ってこの樹を買い、自転車の荷台にくくりつけて帰った。それが、いまは幹が直径十センチほどにもなり、毎年三月になると、白い大振りな花をどっさり咲かせるようになっている。

母が初めてこの白木蓮の花を見たとき、不思議そうな顔でこう囁いたことを、馬淵は憶えている。

「東京にも、田打ち桜があるべおな。」

馬淵には、母が辛夷と間違えていることがすぐわかった。

「これは白木蓮という樹ですよ、お母さん。」

と馬淵はいった。

「田打ち桜じゃねんのな。」

「仲間だから、よく似てるけど、ちがうんです。ほら、花が田打ち桜よりも大きいでしょう。」

「道理で」と母はいった。「田もねえとこに田打ち桜があるのは妙《ひょんた》だと思うてたのせ。」

けれども、母は白木蓮という名をすぐ忘れてしまって、最後まで自分では田打ち桜だと思うことにしていたようである。

六

「七重は、あのテープのなかでお祖母ちゃんと花の数を数えてたっていうけど、お祖母ちゃんは咲いてる花の数で田舎に帰る日をきめようとしてたんだろう？」

と馬淵は、もう二度も欠伸《あくび》を噛み殺した三女の眠気を醒ましてやるつもりで尋ねた。

「そうなの。十五咲いたら帰ろうかなし、それとも二十咲いたら帰ろうかなしって、なかなかきまらないの。それに、一旦きめても、簡単に変更になっちゃうのよね。白木蓮って、咲きはじめは、一日に一つ、翌日は三つ、というふうに、ゆっくりしたペースだけど、さかりになると、一日に十《とお》も咲いたりするでしょう。それで、たとえば、二人で咲いてる花を数えて、十五あったとすると、お祖母ちゃん、あと十五も咲くのはまだまだ先だと思って、三十咲いたら帰ろうかなしっていうの。ところが、一夜明けてみると、花はもう三十になってるのよ。帰郷は忽ち延期。」

「そんなときは、帰り支度はとっくにできてるけど、心準備ができてないからって、お祖母ちゃん、よくそういわれたわね。」

妻が急須の茶をかえながらそういうと、娘たちは顔見合わせてくすくす笑った。

母は、八十六歳の冬、たまたま暖冬だったために上京を躊躇《ためら》っているうちに寒波に襲われ、郷里に留まっていて脳血栓で倒れた。そうなる前に、説得して、馬淵が姉と一緒に引き取るべきだったのだが、二人の頑なさに辟易しているうちに、手遅れになってしまった。

母は、寝たきりになって、町の県立病院に五年いた。遠くに住んで、なにか急な知らせがあっても、おいそれとは動けぬ仕事を抱えている馬淵は、小刻みに別れるつもりで、月にいちどは眠る時間を削って母の様子を見に帰っていた。

五年目、といえば母の生涯の最後の年だが、春、いつものように母を訪ねて枕許の円い木の椅子に腰を下ろしていると、自由になる右腕を馬淵の首に巻きつけ、引き寄せて、

「お前方《めほ》の田打ち桜は、はあ、咲いたかえ？」

と呂律の怪しくなった口で囁いた。

「ええ、ぼつぼつ咲きはじめたようです。」

馬淵はそう答えながら、出がけに一枝折ってくるのだったと思ったが、もはや後の祭りであった。

第三章　涙

一

軽やかな足取りで、階段を駈け上がってくる者がある。

馬淵は、昼寝から醒めたばかりの曇った頭で、郊外の大学にかよっている三女が帰宅したのだと思う。彼は、三人の娘たちがまだ小学生や中学生だったころから、階段を上がってくる足音を聞いただけで、それが何番目の娘かをいい当てることができた。いまはもう、上の二人は勤め人で、一番下だけが学生だが、彼の耳は相変わらず娘たちの足音を聞きちがえることがない。やがて、

「お父さん、開けていい？」

案の定、引き戸の外で三女の七重の声がする。

「ああ、いいよ。」

馬淵の仕事部屋は、土蔵造りだから、戸は重たい上に、滑りもいいとはいえない。それに、

窓は西向きに一つあるきりだから、曇り日には、朝から点燈しないと、部屋の主でも全く物に躓《つまず》かずに自分の居場所へ辿り着くのは難しい。

「お父さん、どこ?」

戸を開けても、暗さに馴れない目には物のありかさえわからぬらしい。ここだ、と畳の上に寝そべっていた彼は身を起こして、机の上のスタンドを点けた。

「なんだ、寝てたの。」

「考え事をしてたんだよ。」彼はめったに昼寝などしない父親だと思われている手前、そういった。「なんか用かい?」

「べつに用ってわけじゃないけど。」

三女はそう呟きながら入ってきて、彼のそばに膝を落すと、小声で、

「お母さん、泣いてるよ。」

といった。

彼は思わず三女の顔を見たが、すぐには言葉が出なかった。

「いじめたの?」

「僕が? まさか。お母さんはどこにいる?」

「縁側の揺り椅子。」

「美容院へいったとばかり思っていた。いつの間に帰ったんだろう。」

「美容院へいってきたのか。道理で髪が綺麗になってた。」

「おまえは、どこから見たんだ、泣いているお母さんを？」

「庭の生垣の隙間から。」

と三女はいって、首をすくめた。

家の南側が細長い庭になっていて、カナメの生垣で鉤の手に囲ってある。その生垣沿いに歩いていたとき、葉の間から庭越しに縁側の揺り椅子にいる母親がちらと見え、末っ子でいつまでも茶目っ気の抜けない三女は、アヒルの啼き声でも真似てびっくりさせてやろうと思った途端に、母親の片方の目頭がまるい水晶玉のようにきらりと光った。

「こっちがびっくりしたわ。お母さんの目玉が解け出したのかと思って。」

「欠伸《あくび》をしたあとだったんじゃないのか？」

と、馬淵は笑いを含んだ口調でいった。

妻が縁側の揺り椅子でひっそり泣いていると知らされても、彼には思い当たることがなにもないのだ。三女の目がどうかしていたのではないか、と思うほかはない。

「でも」と三女はいった。「欠伸のあとの涙って、つづけていくつも出る?」

「いくつも出たのか。」

「ええ、ぽろぽろと。あれは、泣いてるとしか見えなかったけどなあ。」

彼は、口のなかでちいさく舌うちし、仕様がねえなあと呟きながら、立ち上がった。

「お父さん、帯が弛んでる。」

三女が彼を見上げていう。

「わかってる。」と彼は仕事着の兵児帯《へこおび》を締め直しながら、「おまえは部屋へ鞄を置いといで。」

「で、あとからいこうか?」

「いや、その必要はないな。おまえはお八つでも食べてなさい。」

「でも、大丈夫かなあ、お父さん独りで。」

彼は苦笑して、

「なにいってんだ。喧嘩しにいくんじゃないんだよ。」

と後ろから両手で三女の肩を押しながら部屋を出た。

二

階下へ降りてみると、なるほど三女のいうように、ガラス戸を開けた縁側の揺り椅子に和服の妻が寛いだ姿勢で腰掛けていた。両脚をそろえてゆったりと伸ばし、白足袋の鞐《こはぜ》を外したままの足を重ねて、わずかに椅子を揺らしている。そんなところは、あまり悲しんでいる様子には見えなかったが、彼は妻をうろたえさせまいとして、背後から声をかけたから、妻が本当に泣いていたかどうかはわからない。

「帰ってたんだね。気がつかなかった。」

「二階へいってみたら、珍しくお昼寝だったから、そっと降りてきたの。鼾《いびき》をかいてましたよ。」

妻の菊枝は、肩越しにちらと振り向いたきり、あとは庭の方へ顔を向けたままで話していた。

「七重が垣根から覗いたそうじゃないか。」

「七重が？　いつ？」

「つい、さっき。」

「気がつかなかったわ。」

するとき、七重は、母親の涙を見て、びっくりして、声も掛けずにその場を離れたのだろう。

「七重があなたにそう話したんですか。」

「ああ。玄関からまっすぐ僕のとこへきたらしい。」

「おかしな子。どうしてそんなつまらないことを、わざわざあなたへ知らせにいったのかしら。」

「そんなにつまらないこととは思えなかったんだろう、あの子には。」

と馬淵は、居間の卓袱台で独りで茶を淹れながらいった。

妻は黙っていた。彼はすこし間をおいてから、

「なにか、あったのかい？」

と訊いた。

「なにかって？」

「外でだよ。美容院へいってきたんだろう？　その店でとか、行き帰りの道でとか。途中で

立ち寄ったストアでとか……なにか、胸が痛むようなことでもあったのかと思ってさ。」

「どうしてそう思ったのかしら。」

「七重が知らせてくれたからだよ。お母さんがなんだかしょんぼりしてるって。」

妻はくすっと笑った。

「そんなにしょんぼり見えたかしら。」

「そうらしいよ。」と彼はいって、茶托を揺り椅子に近い方へ押してやった。「あの子は敏感なところがあるからな。まあ、お茶でも飲んだら?」

「あら、どうもありがとう。」

妻は、ちいさく畳んで掌のなかに握っていたハンカチで、ちょっと目頭を抑えると、揺り椅子から立ってきた。そのとき、足袋の鞐《こはぜ》を残らず外したままなのに、初めて気がついたらしい。

「あらあら、私、どうかしてるわ。」

妻は、わずかに頬を赤らめながら手早く足袋を脱いだ。

「おまえさんにしては、珍しいことをしている、と思って見ていたんだよ。」と馬淵はいった。「考え事をしながら足袋を脱ぎかけていて、途中で、ふっと、指の方がお留守になったんだな。一体、どんな考え事をしてたんだ?」

妻は、卓袱台に寄って茶をひとくち飲んでから、ちょっと首をすくめた。

「恥ずかしいわ。」

「どうしても話せというわけじゃないがね、ちょっと聞いてみたい気はするな。」

と馬淵はいった。

妻は、すこしの間、迷っているふうだったが、やがて諦めたように、

「笑われるかもしれないけど、たわいのないことだから。」

と、はにかみ笑いを浮かべながら話しはじめた。

三

「いかがです?」と、顔馴染みの美容師がいった。「染めるのをおやめになってから、そろそろ一年になりますけど。」

「何事も中途半端というものは、落ち着かないものですね。」

と菊枝はいって、生え際からようやく十数センチ銀鼠色になった自分の髪にちょっと手を

やった。後頭部には、まだ栗色に染めた髪が残っている。

「この前より、また一段と白髪のイメージが強くなりましたよ。」と美容師がいった。「鏡やガラスに映った御自分の髪をごらんになって、動揺なさったりはしません？」

「別に……動揺はしませんけど、手入れがよくできていないときは、うんざりします。白髪はいつもきちんとしていないと、よけい年寄りじみて見えますから。」

「お寂しくはありませんか？」

「齢をとることが寂しくないとは、いい切れませんけど、白髪のことはべつに寂しいとも思いませんね。だって、自分で選んだ道ですもの。寂しければ染めるのをやめたりはしませんわ。」

「昨日、また染めはじめた方がいらっしゃるんです。」と美容師がいった。「鏡を見るたびに、どうにも寂しくて我慢がならなくなったんですって。綺麗な白髪がもうほとんど出来かけてたんですがねえ。」

「勇気がおありになる方ねえ。」

と菊枝は感心していった。

「ほんとですねえ。一年半ばかり白髪でいて、また急に逆戻りするんですもんねえ。」

と美容師もいった。

――馬淵の母によれば、苦労すれば白髪が生えるという昔からの言い伝えは、なんの根拠もないことである。髪の色素と苦労の度合いとの間には、なんの関係もない。自分がそのいい見本だ、と母はよくいって頭を馬淵たちに傾けてみせた。

馬淵の母は、若いころからさんざん辛酸を嘗めてきたが、六十を過ぎても白髪が一本もなかった。髪は薄くなったが、白髪は出ない。馬淵の母はむしろそのことを恥ずかしがっていた。いい齢をして黒々と染めているのではないかと思われるのが、恥ずかしかったのだろうか。

馬淵の娘たちが、まだ二人のころだったろうか、三人目が出来てからだったろうか、とにかくみんなまだ幼かったころ、誰かが祖母の頭に白髪が一本あるのを発見して、家中がすこし騒いだことがある。白髪一本で騒ぎになったのは、発見した者がそれを抜こうとし、持主は抜かれまいとして逃げ回ったからである。

馬淵は、母に似たのか、白髪の出るのが遅かった。妻の菊枝の方はずっと早く、四十代の中頃から染めはじめたのではなかったろうか。ところが、馬淵自身は、子供のころから女が髪を染めるということに暗いイメージを抱いて育った。肉親の一人に、月にいちど髪を黒く染めなければ生きられないという悲しみを背負った者がいたからである。

彼は、正直いって、妻に髪を染めてもらいたくなかった。世の中には、彼の肉親の一人のように染髪しなければ生きられない者もいる。けれども、老いると自然に生えてくる白髪は、いちいち染めなくても生きていられる。

彼は、妻の染髪を、十年、我慢した。が、彼が郷里で吐血し、二カ月の入院生活を終えて東京の自宅へ帰ってから、彼の付き添いと家事に追われて美容院ゆきを怠っていた妻の額の上が、一センチほど伸びた髪で白いヘアバンドをしているかのように見えるのに気がつき、やはり妻自身のためにも染髪はやめるべきだと思うようになった。

妻が彼の希望を容《い》れて染髪をやめてから、一年が経とうとしている。自然の白髪は誰のも美しいとは限らないようだが、菊枝のは、純白ではなくても、斑《むら》がなく、清潔な感じで、馬淵は悪くないと思っていた。

菊枝は、美容院の帰りに花屋へ寄った。バケツにどっさり入れてあるトルコ桔梗《ききょう》のなかから、よさそうなものを何本か抜き取って、身を起こすと、隣からおなじ花へ手を伸ばしかけていた同年輩の女性が、不意に、「あら……。」と声を上げて菊枝の顔に目を瞠《みは》った。

次女が中学校のころ、父母の会やなにかでしょっちゅう顔を合わせていた片岡千絵という女性であった。

「まあ、片岡さん、おひさしぶり。」

菊枝が先にそういうと、

「やっぱり馬淵さんね。」と相手はいった。「お顔はそっくりなんだけど、あんまり御無沙汰してたから、なんだか自信がなくて……。」

「この髪で、別人かと思ったんでしょう。」

菊枝は、相手がいえないでいることを自分からいって、明るく笑った。

「もう御用は済んだの？」

相手は、聞こえなかったように髪のことには触れずにいった。

「ええ、この花を買えばおしまい。」

「じゃ、ちょっと待っててくださる？」

相手も菊枝とおなじトルコ桔梗をおなじ本数だけ買った。髪は、よく会っていたころの黒ではなく、すこし濁った栗色で、額の上には、伸びた白髪が、菊枝にも憶えのあるヘアバンドを掛けたように見えていた。

四

妻の菊枝と、旧知の片岡千絵とは、急ぎ足の人々で混雑している駅通りを避けて、ひとすじ裏手の水路沿いの路を、お互いの近況を語り合いながら家路についた。

千絵は、私鉄の駅のむこう側にあるマンションへ、孫の顔を見にいってきた帰りだということであった。その孫というのが、馬淵家の次女と中学校で同級だった娘さんの子供だと聞いて、菊枝はちいさな衝撃を受けた。自分のところの次女ときたら、結婚にすら、いまだになんの関心もなげに暮らしている。

敏感な千絵は、菊枝の微かな動揺も見逃さなかった。

「ところで、おたくの志穂さん、お元気?」

「ええ、おかげさまで。」と菊枝は答えた。「元気は元気なんだけど、相変わらずの暢気屋で。」

「画廊に勤めていらっしゃるんだっけ?」

菊枝は、千絵に短大を出てからの次女のことを話した憶えがないから、噂好きの嫁いだ娘からでも聞いていたのだろう。

「絵心なんて、からきしなかったのにね。無事に勤まっているのが不思議なくらいよ。」

菊枝が笑ってそういうと、

「でも、画廊で働くのに、必ずしも絵心が必要だとは限らないんじゃない?」と千絵がいった。「仕事の種類にもよるでしょうけど、画廊へくるようなお客に絵についてあれこれ話すことはないんだから、美術館の学芸員みたいに。要するに、接客態度がよければいいのよ。お客が気持よく絵が鑑賞できるようにしてあげられれば、それでいいんじゃないかしら。」

「それさえ、うちの子には怪しいもんだけど……。」

「大丈夫よ。志穂さんはお母さんの血を引いてらっしゃるんだから。」

千絵は、早口でそういうと、すぐ気を逸らすように、

「あら、この川、いつの間にか水がきれいになって……ほら、あんなに鯉が。」

どぶ川同然だった水路が改修され、鯉が放流されるようになってから、もう大分経つのに、いま初めて見たかのように声を弾ませて川面を指さしたが、菊枝は胸底から湧き上がってくる不快感で、その方へ目をやる気にもなれなかった。

次女が自分の血を引いているのは当然だが、自分が結婚するまで酒場で働いていたことを

知っている千絵は、何事につけても一言皮肉をいって、自分を蔑まずにはいられないのだ。

そんな千絵の性格は、父母会で一緒だったころから菊枝は承知している。

二人は、しばらく自分の足許に目を落したまま黙って歩いた。水路では、近くの大きな公園の池から飛んでくるという鴨が、耳障りな啼き声を上げていた。

千絵が、不意にくすっと笑った。

「さっき花屋でお会いしたときは、びっくりしたわ。お顔は確かに馬淵さんなんだけど……。」

「頭をこんなにしてから、今日初めてお会いしたんだったかしら。」

「そうなの。最初は、他人の空似かしら、それともお姉様かしら、血縁の方なのかしらと、まごついちゃったわよ。」

菊枝はいうべき言葉がなくて、ただ目を伏せて笑っていた。

「一体、あなたになにが起こったの？」

と千絵が真顔でいった。

「べつに。」と菊枝はかぶりを振った。「なにが起こったんでもないのよ。」

「じゃ、どうして急に頭の手入れをおやめになったの？」

「頭の手入れをやめたんじゃないわ。ただ髪を染めるのをやめただけよ。」

「それじゃ、いい直すけど、どうして急に髪を染めるのをおやめになったの？」

「なにも大した理由があったわけじゃないのよ。私は家事のほかに主人の雑用を一切引き受けているから、染めるのにちょうどいい間隔できちんきちんと美容院へかようのが難しいの。間隔があきすぎると、地毛が伸びて、みっともないでしょう？」

「今日の私みたいに？」

と千絵は笑って、掌を額の上の生え際へ当てた。菊枝は、それには答えずに、

「面倒だから、いっそ染めるのをよすことにしたの。」

といった。

千絵の方が溜め息をついた。

「ちょっと早まったんじゃないかしら。」

「そう思う？」

「十年は早いと思うわ。」と千絵はいった。「つまり、あなたは十年損してらっしゃるわけよ。」

「十歳、老けて見えるってことね。」

「はっきりいえばね。」

「それじゃ、まるきりお婆さんじゃない。」

千絵がくすくす笑い出した。

「他人事《ひとごと》のようにおっしゃるのね。御主人がよく同意なさったわ。」

菊枝はちょっと口籠ったが、

「もともと私の髪なんかにはあんまり関心がないのよ、うちは。」

というと、

「そんなことないと思うわ、私は。」と千絵がいった。「強く反対しなかったことを後悔してらっしゃるんじゃないかしら、いまは。どこの御亭主だって、自分の連れ合いが突然十歳も老け込んでしまうことを喜ぶはずがないんだもの。」

間もなく、二人が別れねばならぬ街角まできた。

「やっぱり、もう数年は染髪をつづけられることをお勧めするわ。」と、別れしなに千絵がいった。「だって、まだ肌も若々しくて、からだもしゃっきりしてらっしゃるのに、勿体ないじゃない？　白髪になるのは、お孫さんが出来て本当のお祖母さんになってからでも遅くはありませんよ。」

五

話し終えた妻に、馬淵は茶を淹れ替えてやった。

「家へ帰って、あの縁側の椅子に腰を下ろして、やれやれと思ったら、からだの力がすうっと抜けちゃったの。」

と妻はいった。

「庭を眺めながらぼんやりしているうちに、さっきまでの連れと話したことが思い出されたんだろう。」

「そうなの。十年老け込んだように見えたというのが、ちょっと応えたな。」

「それで泣いたわけか。」

妻は驚いた目で彼を見た。

「泣きゃしませんよ。」

「泣いたというのが大袈裟なら、思わず涙を零《こぼ》したわけだ。」

「涙なんか零しませんて。」と妻は真顔でいった。「どうしてそんなことをおっしゃるの?」

「七重が見たっていうからだよ。」

「私が泣いてるところを？」

「涙を零してるところをね。」

「私は七重が帰ってきたのも知らないのよ。私をどこで見たのかしら。」

「だから、さっきもいったように、庭の垣根の隙間から見たんだよ。それで、これは徒事《ただごと》ではないと思って僕のところへ飛んできたんだ。」

と馬淵はいった。

菊枝は、まだ訝しそうに彼の顔を見詰めていた。

「だけど、私、泣いてなんかいなかったわ。」

菊枝は自分自身に念を押すような口調でいった。

「でも、おまえさんが涙を零すのを見たといってるよ、七重が。」

「なにかを見間違えたのよ、あの子は。」

「そうかな。七重は、おまえさんの片方の目頭から水晶玉みたいなものが光りながら零れ落ちるのを見たといってるがね。」

馬淵がそういうと、菊枝は笑い出した。

「そんなこと、考えられないわ。」

妻は強情を張っているのではない、本当に涙を流したことを自分では気がつかなかったのだ、と彼は思った。

「だけど、人間のからだは、泣くという自覚がなくとも、ひとりでに涙を零すことがあるからね。さっきのおまえさんはそれだったんじゃないかな。」

「……そうかしら。」

「七重も子供じゃないんだからね。いい加減なことをいうはずがない。」と彼はいった。「おまえさんには、なるべく意識するまいと心掛けている哀しみのようなものがあって、それがその片岡とかいう奥さんと話したことを思い出しているうちにだんだん膨れ上がって、知らず識らずのうちにからだの外へ滲み出たんだ。」

「哀しみって、髪のことで？」

「髪もその一つだろうね。おまえさんは僕を庇《かば》って本当のことを話さなかったらしいけど、髪を染めないでくれるように頼んだのは僕だからね。でも、正直いって、おまえさんが髪を染めるのをやめることで十歳も損することになるなどとは、これっぽちも考えなかった。僕は最初にいったように、自然に老いるのが最も好ましいと思っただけなんだ。皺が寄るのも、髪が白くなるのも、自然に任せるのが謙虚な老い方だと思うといったろう。さいわい、おまえさんは素直に賛成してくれて、実際に髪を染めるのをやめた。だけど、女の、髪に対するこだわりを軽視していたのは、迂闊だったよ。おまえさんは平気そうな顔をしてたけど、決して平気じゃなかったんだな。」

妻は両手で湯呑みを包み込むようにして、黙って茶を飲んでいた。

「僕は、無理はいわないことにする。」と彼はいった。「もし十歳の損が惜しくてならなかったら、染髪を再開したっていいんだよ。」

「いいんです、もう髪のことは。」

妻がそういったとき、普段着に着替えた七重が茶の間へ入ってきた。

「ああ、お腹がすいた。」

「なんですか、大きななりをして。」

と妻がいった。

「大きななりをしてるから、お腹の空き方も激しいのよ。」と七重は、さっきまで菊枝が掛けていた縁側の揺り椅子に腰を下ろしていった。「もしかしたら、晩御飯は店屋物?」

「ちがうわよ、いつものように私の手作り。」

「それにしても、今日のお母さん、暢気よ。いつもの時間に間に合う？」

「大丈夫。御飯はもう炊けてるし、下拵《したごしら》えは済んでるし。」

「今夜は、なに？」

「新鮮な魚介類のフライでございます。」

妻は他人行儀にそういうと、茶の残りを飲んで、ようやく立ち上がった。

六

その晩遅く、菊枝は七重と一緒に風呂へ入った。

「随分肉づきのいいお婆さん。」

七重がそんな冗談をいいながら、ボディー・ブラッシュに石鹸をなすって後ろへ回ってから、

「夕方、お母さん、縁側の揺り椅子で涙を零してたって？」

と菊枝はいった。

「そう、ちょうど垣根の隙間から覗いたとき。鳥かなんかの啼き声を真似て、びっくりさせ

るつもりだったけど、逆にこっちがびっくりしちゃった。」

「涙を零したって、どんなふうに？」

「目頭からね、水晶玉みたいなものがきらっと光ったと思ったら、ぽろっと落ちたの。」

「錯覚よ。」

「錯覚？」

「涙ぐんだのが、なにかの加減でそう見えたのよ。」

「そんなことない。だって、一つだけじゃなく、三つ四つ、つづけてぽろぽろと落ちたんだもの。」

七重は、言葉を力ませると同時にボディー・ブラッシュにも力を入れて、菊枝は小さな悲鳴を上げた。

「お手柔らかにね。お母さんの皮膚は薄いんだから。」

「ごめん。」と七重は、多分いちめんに赤くなってるだろう背中を掌で撫ぜた。「でも、涙は錯覚だったとしても、あのときのお母さん、ひどくしょんぼりしてたわ。どうして？」

「美容院の帰りに、いつも背のびばっかりしてるお友達にちょっと厭なことをいわれたりしたから。ところで、お母さんの髪、どう？」

「さっぱりして、いい感じ。お母さんに似合うし、あたし好きよ。」

と七重はいった。

菊枝は、いっとき仕合わせな気分で、背中がひりひりする浴槽のなかから、七重がシャワーで豊かな黒髪を洗うのを眺めていた。

第四章　春

一

いつかは、こういう事実を知るときがくるのだ、とは覚悟していた。けれども、そのときが、いつ、どんなふうにしてやってくるのかは、まるで見当がつかなかった。

おなじ両親をもつ三人姉妹でも、それぞれ性格も、好みも、物の考え方もちがうのである。

晩春のある日曜日の早朝、夜が明けてから間もなくであった。二階の仕事部屋で夜明かしをした馬淵は、出窓の障子が白みはじめたのに気がついて、筆記用具を擱《お》いた。近頃はこのあたりが限界で、集中力などもうとっくになくなっている。

彼は、机を離れ、すこしふらふらした歩き方で、階下で寝酒を飲むために部屋を出た。すると、思いがけないことに、焼き海苔の芳《こう》ばしいかおりが階段の降り口に漂っていた。彼は焼き海苔が好きだから、すぐわかった。

それにしても、まだ夜が明けたばかりだというこんな時間に、階段の上にまで焼き海苔のかおりがしているとは、どういうことだろう。

階段を降り切ったところのすぐ左手が、長い暖簾だけで仕切られている台所の入口である。焼き海苔のかおりの出処は、そこしか考えられない。かおりはそこから階段を昇ってきたのだ。それはいいのだが、一体、誰がこんなに早起きして、焼き海苔で食事の支度をしているのだろう。今朝、子供たちの誰かがハイキングに出かけるという話は聞いていなかった。

彼は、階段の降り口で耳を澄ました。確かに誰かが台所にいて、忍びやかな物音を立てている。彼は、べつに相手を驚かすつもりはなかったが、相手のひそやかさに合わせて、そろりそろりと階段を降りていった。すると、台所の入口の暖簾の割れ目から、ガス台の前に立ってなにかしている長女の珠子の後ろ姿が見えた。

台所のなかには、焼き海苔とはちがういいにおいが籠っている。

休日だというのに、上司に言い付かって、電車で何時間もかかる辺鄙な高原の山荘にでも籠っている寄稿家のところへ原稿をもらいにいく支度をしているのか、と彼は思った。かわいそうだが、これも仕事なのだから仕方がない。

ガスでなにか一心に焼いている者に、出し抜けに声をかけるのは危険だから、彼は冷蔵庫

の側面を拳でこつこつと叩いた。珠子は、びくっとしたように振り向き、彼と目が合うと、ちょっと肩をすぼめて、

「あ、お父さん……お早うございます。」

と蚊の鳴くような声でいった。

その様子は、まるで恥ずかしい隠し事を見つけられた子供のようにきまりが悪そうであった。なぜだろう、と彼は訝りながら、

「お早う。朝っぱらからいいにおいをさせてるな。」

と珠子の肩越しにガス台を覗いてみた。

珠子は、厚焼き卵を拵えているのであった。

「厚焼き卵か。旨そうだな。」

彼は、食器戸棚へいって、半分ほど飲んだ葡萄酒の壜とグラスを一つ取り出してきた。彼は、胃潰瘍で吐血して、郷里の病院に二カ月いて退院してきてからも、酒は毎日、すこしずつだが欠かさずに飲んでいた。退院するとき、主治医が、酒も煙草も禁止ではかえってストレスが募るおそれがあります、まず葡萄酒をすこしぐらいなら、ということにしておきましょうか、といって許してくれたのである。

「お父さん」とガス台の前から珠子がいった。「よかったら、焼き立ての卵をすこし分けましょうか。ワインに厚焼き卵は合わないかな。」

「そんなことはないだろうけど。そっちはいいのか。足らなくならないか。」

「こっちは大丈夫。ただ、お酒の肴にはすこし甘いかも。甘かったら、醬油ですか、ソースですか。」

「さあ……じゃ、食塩をくれないか。」

珠子は、まだ湯気を上げている厚焼き卵の、一口大に切ったのを三つ、皿に並べて、食塩と一緒に食卓の彼の席に置いた。調理台の上には三人分のお握りが用意してある。焼き海苔で包んだ大振りなのが三個ずつ、アルミホイルの上に並んでいる。厚焼き卵は適当に分けて別々に包み、一つずつお握りに添えて一緒に包んだ。それが済むと、三人分の包みを大きな紙袋へ入れる。

空《す》きっ腹に葡萄酒がしみた。

「三人でどこかへいくんだね？」

「ええ、信州の方へ。」

けれども、珠子自身は、洗い晒しのジーンズに白い薄手のトレーナーで、弁当持参でどこかへ出かけるという装いではない。

「で、おまえは？」

「あたしはね、いかないの。」

「早起きして他人《ひと》の弁当を拵えるだけか。損な役だね。」

「ええ。でも、いいの。」

そのとき、珠子は流しで手を洗っていて、彼には微笑を浮かべてうつむいている横顔しか見えなかったが、その横顔が、一瞬、薔薇色に染まるのを彼は見た。

「お父さん」

と、珠子はなにやら意を決したかのようにまっすぐ彼を見た。

「なんだい？」

と、彼は目をしばたたいた。

「ちょっと、そこのバス道路の橋の袂《たもと》までいってきたいんですけど。いいかしら。」

「ああ、いいとも。用があるんだったら、いっておいで。」

「じゃ、すぐ戻ってきますから。」

珠子は、弁当を入れた紙袋を小脇に抱えると、水でざぶざぶ洗っただけだと思われる素顔のままで、小走りに玄関へ出ていった。

二

いまの職場か、学生時代からの親しい仲間たち三人が、これから信州方面へ出かけていく。珠子は、彼等の一人に頼まれたか、自分からいい出したかして、彼等のためにお握りの弁当を拵えた。自分が同行しないのは、彼等三人が男性で、それぞれバイクに乗っていくからだろう。

三人は、どこかで落ち合って、約束の時間にバス道路の橋を通る。その橋の袂に珠子は待っていて、彼等に弁当を渡す。どうやらそういうことになっているらしい。すぐ戻ってくるといった珠子は、なかなか戻ってこなかった。橋の袂まではわずか百五十メートルほどの距離である。寝坊する者がいて彼等の到着が遅れているのだろうか。

彼は、二杯目を飲み干すと、葡萄酒の壜にコルクの栓をした。寝酒はそうたくさん飲むものではない。今朝はこのぐらいにして、珠子が戻ってこないうちに寝てしまおうと思ったのである。

珠子が戻るまで飲みつづけていたら、尋ねたいことが次から次へと湧き出てきて、珠子を困惑させ、自分も結局は眠れないことになるにきまっている。

白木蓮のある中庭のむこうの寝室では、妻の菊枝がぐっすり眠っていた。彼は、その枕許に〈昼前に起こすこと〉と書いた紙片を置いて、隣のベッドにもぐり込むと、すこぶる寝つきのいい質で、忽ち眠りに引き込まれた。珠子が戻ってくるまで、玄関は無防備になっていたわけだが、そのことを全く考えなかったのだから、彼自身いくらか上気していたのかもしれない。

昼近くに起こされると、彼はすぐに、

「珠子は？」

と妻に訊いた。

「珠子ですって？」

と妻は、まだ眠《ね》足らない目をしょぼしょぼさせている彼の顔を、訝しそうに見た。

「珠子はいるか？」

「いますよ。さっき洗濯物を干してたわ。でも、どうしたんです？　目を醒ますなり、珠子は？　なんて。夢でも見てたの？」

どうやら、妻は、今朝早く台所でどんなことがおこなわれたかを、なにも御存じないらしい。

「早くから起きてたみたいだったかい？　珠子は。」

と彼は、妻の問いには答えずに重ねて訊いた。

「いいえ。だって日曜日ですもの。私の次に七重が起きてきて、そのあとしばらくしてから珠子が起きてきたの。」

と妻はいった。

「朝、台所へ入ったとき、なにか変わったことに気がつかなかった？」

「変わったこと？」

「作った憶えのない料理のにおいがしたとか、調理用具の置き場所がいつもとちがっていたとか……。」

妻は首をかしげていた。

「べつに、なにも感じなかったけど。でも、どうして？」

彼の記憶では、朝早く珠子が誰かの弁当を拵えていたとき、台所の換気扇は確かに回っていた。珠子は橋の袂から遅れて戻ってくると、大急ぎで手際よく後始末をし、使った用具を元の場所に戻し、そっと自分の部屋へ帰って、もうひと眠りしたのだ。

「そういえば」と妻はいった。「私が起きたとき、お勝手の窓が開いてたわ。でも、あなたが夜明かしをした朝は、きれいな空気を吸うためによくそうするでしょう？　だから、なんとも思わなかったけど。」

多分、窓は珠子が換気扇を止めたあとに開けたのだろうが、彼は黙ってうなずいて、その話を切り上げた。

ところが、その日の昼食のとき、台所でちょっとした出来事があった。三女の七重が、厚焼き卵の切れっ端がのっかっている小皿を戸棚のなかから見つけ出したのである。

「あら、こんなところに、こんなものがあるわ。」

と七重が小皿を手にして興味深げな声を上げた。

「こんなものって、なに？」

すでに食卓に就いていた次女の志穂が訊いたが、七重には答えるいとまがなかった。珠子が椅子から腰を上げるなり、足早に戸棚に近づくと、七重が鼻を寄せている小皿から、さっと厚焼き卵の切れっ端を摘み上げたかと思うと、ぽいと自分の口のなかへ放り込んでしまったのである。目にも留まらぬ早業であった。

七重は、唖然として姉の顔を見上げたが、珠子は何事もなかったかのように自分の椅子へ戻ると、なにもいわずに食事をつづけた。

三

午後から来客があり、彼は階下の応接間で一時間ほど客と仕事の打ち合わせをした。客が帰ると、もはや仕事部屋へ戻る気がしなくて、茶の間の外の縁側の揺り椅子に腰を下ろし、ようやく木々が若葉に彩られはじめた庭をぼんやり眺めていた。

近頃は、夜明かしをしたりすると、以前のように何時間か眠っただけでは疲れがとれなくなっている。それどころか、不充分な眠りから醒めたあとはかえって疲労感が深まったような気さえする。それでも眠らずにはいられないから、醒めたあとはじっとして気力が満ちてくるのを待っているほかはない。

「ああ、くたびれた。」

妻が割烹着を外しながら入ってきた。銀鼠の髪がすこしほつれている。

「お天気がいいからって、あんまり欲を出すと、心《しん》が疲れちゃうよ。」

と彼はいった。

「わかっているけど、今時分こんなお天気に恵まれると、主婦はじっとしていられないのよね。でも、もうやめました。」

妻はそういいながら茶の支度をした。彼は、揺り椅子から卓袱台のそばの座布団に移った。

「ちょっと不思議なことがあるんだけど。」

と、妻が茶を一口飲んでからいった。昼食のとき、七重が戸棚から見つけた小皿のことだな、と彼は直感したが、その通りだった。

「あの小皿にのっかってたのは、厚焼き卵の切れっ端だったみたいって、七重がいってるんだけど。」

彼は黙って茶をすすった。

「でも、私はここんとこ、しばらく、厚焼き卵なんか拵えてないの。七重も志穂も憶えがないといってる。」

「珠子には訊かなかったのか。」

「仕事で読まなきゃならないものがあるとかいって、部屋に閉じ籠ったきりなの。そんなところへ、厚焼き卵の切れっ端のことを訊きにいくのも変だから。」

今朝のことは、珠子のために誰にもいわずにおこうと彼は思っていたが、やはり、妻にだけはそっと耳打ちしておかねばなるまいと思い直した。娘の隠し事をあばくのではなく、母親は子供のことはなんでも知っておいた方がいいと思ったからだ。

彼は、今朝早く台所で会った珠子の言動を、そっくり妻に話して聞かせた。

「朝、早起きして、ひっそり仲間たちの弁当を拵えること自体、悪いことじゃないよ。ただ、珠子にとってはかなり勇気の要る行動だったはずだ。珠子をそんな行動に駆り立てる相手がいるらしいことは、頭に入れておいた方がいいと思うな。でも、いま珠子にいろいろ訊いちゃいけないよ。あれが自分からいい出すまで待ってた方がいい。」

そういって彼は揺り椅子へ戻った。

四

それから何日かが過ぎた雨の夜ふけに、馬淵が仕事部屋で北の郷里の幼なじみに手紙を書いていると、廊下側の板戸を遠慮がちにノックする者がいた。

馬淵の部屋は家の裏側にあるが、廊下を隔てた表側には娘たちのちいさな個室が並んでいる。馬淵は、ノックの仕方や音だけで、階段を昇る足音のようには誰かを判別することはできないが、なんとはなしに、いまのは長女の珠子ではなかったかという気がした。

「珠子か?」

と、彼は机の前から振り向いていった。板戸をそろそろと開けたのは、案の定、長女であった。

「お仕事?」

「いや、手紙を書いてる。」

「ちょっとお邪魔をしていいかしら。」

「ああ、いいよ。」と彼は万年筆にキャップをした。「本を崩さないように気をつけて、こっちへこいよ。」

それから、彼は自分のそばに積み上げてある本や雑誌の塔をいくつか四方へ押しやって、珠子が坐れるだけの空きを作った。

「お坐り。ただ座布団はないし、埃がひどいよ。」

「平気。」

珠子は、くの字に畳んだジーンズの脚を重ねて、横坐りになった。

「さっきは、ノックしただけであたしだとわかったみたいだったけど。」

「うん。」

「どうして？」

「そろそろ、くるころだと思ってたんだ。」

と彼はいった。そう確信していたわけではないが、漠然とそんな気がしていたのは事実であった。

「日曜日の朝のことで、弁解でもしに？」

「弁解かどうかはわからないけど、あの朝のことでおまえがいつまでも黙っているとは思えなかったから。そのうちに、おまえの方から話しにくると思っていた。」

「それが何日もこないんで、あいつ頬かむりをする気かと思ってたんでしょう。」

「おまえに頬かむりなんかできやしないよ。」と彼はいって微笑した。「なにか話すことがあったら聞いてやるよ。」

珠子は、あの日曜日の朝、三人の男友達にお握りの昼食を拵え、それを約束の時間に近くの橋の袂を通りかかった彼等に渡したことを打ち明けた。馬淵が想像した通りだった。

「自分では」と珠子はいった。「あの朝のうちに……お弁当を渡して帰ったら、すぐ、お父さんに話すつもりだったんだけど。」

「すぐ帰るというのが、なかなか帰らないから、僕がまだ寝酒を飲んでると思えば戻りにくいのかと思ってさ。待たないで寝ちゃったんだよ。」

と彼はいった。

「むこうが遅刻したのよ。時間にルーズなのが最大の欠点なの。」

「寝坊したのがいたんだろう。」

「寝坊はしなかったみたいだけど、忘れ物をしたのに気がついて、途中から引き返したりしたんですって。そそっかしいのも欠点の一つ。」

「誰だって、欠点の二つや三つは持ってるもんだよ。」と彼は笑っていった。「それで、その時間にルーズでそそっかしい男は、おまえの口振りじゃどうやら同一人物らしいな。」

「そうなの。」

と、珠子はちょっと口を尖らせていった。

「会社の同僚か。」

「そう。一緒に入社した同期生。」

「仕事も一緒か。」

「仕事は別。彼はデザイン室にいるの。」

珠子は出版部員である。

「だけど、いまはただの同期生じゃないだろう。」

珠子は、うーんといって首をかしげた。

「なんといえばいいかしら。一番気の合う男友達。」

「そうか。」

と馬淵はうなずいた。

その男友達に対する娘の気持の、言葉にはならなかった部分がわかるような気がしたからである。

「それで?」

と彼は長女の顔を見た。

「お願いがあるんです。」

「うん。どんな?」

「いちど彼に会って欲しいの。」

「会うことはお安い御用だが、会ってどうするんだ。」

「彼の話を聴いてやって欲しいんです。」

と、珠子は彼の顔へまっすぐに目を向けていった。

「ということは、僕に会いたいというのは彼の希望でもあるわけか。」

「彼がいい出したことなの。お会いして、自分の口からお願いしたいって。」

馬淵は、その青年に会ってみることにした。別段会いたいわけではなかったが、この先とても会わずにはいられそうにもなかったからである。

「おまえと気の合う相手なら、不愉快な思いをすることもないだろう。その男のために、話だかお願いだかの中身は訊かずにおくよ。」

彼は、カレンダー式の手帳をめくりながら、むこう一カ月間で時間の余裕のある日を何日か選び、そのうちの都合のいい日に彼を家へ連れてくるようにと、珠子へいった。

「彼のことは、もうお母さんには話したのか？」

「まだ、これからです。」

「気分のよさそうなときに、あまりショックを与えないように話すんだな。」

「ええ、できるだけ……。」

珠子が部屋から出ていくと、馬淵は、初めて洗い髪のにおいがあたりに漂っているのに気がついた。すると、急に物惜しみするような気持が胸に湧いた。彼は、書きかけの便箋を脇へ除《の》けると、冷たい机に額を押し当ててしばらくじっと目をつむっていた。

五

翌々日の午前、遅い朝食の食卓で、食後の果物の皮を剥いていた妻の菊枝が、

「ゆくゆくはグラフィック・デザイナーになりたいそうだけど……。」

と半ば独り言のように呟いた。

馬淵は読んでいた朝刊から顔を上げた。妻が誰のことをいったのか、咄嗟にはわからなかったが、デザイナーという言葉で会社のデザイン室にいると珠子がいっていた男友達のことを思い出した。

「グラフィック・デザイナーか。若い女の子が惹かれそうな職業だな。」

「どんな仕事をするんです？」

「こっちもくわしいことは知らないけど、写真とか絵とか図形とか、視覚に訴えるような出

版物や印刷物の、デザインを考えるんじゃないのかな。」

「それで、美大で勉強したのね。」

「美大を出てるのか。」

「そうですって。」

「へえ。それは知らなかった。」

「あら、珠子からくわしく聞いたんじゃなかったんですか、枝村さんのことを。」

「枝村？　その男は枝村っていうのか。」

まあ、と妻は呆れたように彼を見て、珠子の男友達の名は枝村寛というのだと教えた。

「枝村寛か。白紙で会おうと思って、なにも訊かずにおいたんだ。」

「でも、あなた、名前ぐらいは知っててあげないと。」

「そうか。枝村寛だな。会えば名乗るだろうが、まあ、憶えておこう。」

と彼はいった。
二、三日して、珠子が都合のいい日をいってきた。今週の土曜日の午後二時に枝村を案内してくるという。その日まで、三日ほど間があった。妻は美容院へいってきた。彼も、妻にうるさくいわれて理髪店へいってきた。

「娘の男友達を、なにもお洒落して迎えることはないと思うがね。」

彼がぶつぶついうと、

「お洒落じゃなくて、こざっぱりするだけですよ。」と妻はいった。「珠子だって、むさくるしい父親だと思われたくないじゃありませんか。」

彼は、いかにも頭髪の手入れに不熱心であったが、だからといって自分がむさくるしいとは思っていなかった。

「髪を刈ってもらってきたばかり、というふうには見えないように刈ってね。」

と、彼は鏡の前の椅子に腰を下ろしてから、理髪店の主人に頼んだ。

六

その日がきた。彼は、朝まだ暗いうちに目が醒めて、それきり眠れそうにもないので、起きてその日の仕事に取り掛かった。仕事が昼前に片付くと、あと、なにもすることがなかった。昼食はいつもより軽く済ませた。

食後、こんなときに煙草が吸えたら、とか、飼犬のカポネが生きていたら、とか思いながら、家のなかをぶらついたあとで、縁側から庭を眺めているうちに、沓脱石《くつぬぎいし》のかげにちいさな薄汚れた笊《ざる》が置いてあるのに彼は気づいた。

彼は、その笊にまだいちども手を触れたことがないが、それがなにを入れる笊なのかは知っている。庭木の肥料にする魚の骨を溜めておく笊である。魚の骨をよく乾燥させてから細かく砕き、これを衰えの見える庭木の根元に埋めてやると、次の年には見違えるような勢いを取り戻し、前の年の倍ぐらいもの蕾をつけるのである。

笊には、少量の骨がひろげてあった。彼は、ふと心が動き、台所の棚から小型の木槌を持ってくると、庭へ出て、飛び石の上で魚の骨を砕きはじめた。

間もなく、家のなかから足袋で畳を滑ってくる足音がして、頭の上から妻の声が降ってきた。

「あら、そんなところでなにをしてらっしゃるの?」

見ればわかることだから、彼は黙って縁側から見下ろしている妻の顔を仰いだ。

「どうして今日みたいな日に……。」と妻は目を大きくしていった。「大事なお客がある日に……。魚臭くなっちゃうでしょう?」

妻は、立ち上がった彼に子供の悪戯を咎めるようにそういったが、その顔は気を揉んでいるというよりもいささか薄気味悪そうだった。彼は木槌を妻に渡して、両手のにおいを嗅いでみた。

「こんなにおいは石鹼ですぐ落ちるよ。」

「でも、どうして突然こんなことをはじめたんです？」

それは、彼自身にもわからなかった。彼は口籠りながら洗面所へ手を洗いにいった。

珠子と男友達は、約束の時間きっかりに玄関のチャイムを鳴らした。馬淵が、呼びにきた妻と一緒に応接間へいくと、すこし間隔をおいてソファに並んでいた二人が一緒に立ち上がった。

「やあ、いらっしゃい。」

と、馬淵はいつも仕事の客を迎えるときのように気さくにいった。

珠子が枝村を紹介し、馬淵は彼と初対面の挨拶をした。枝村は、中肉中背の、穏やかな顔をした清潔そうな青年であった。控え目な色の、こざっぱりとした身なりも悪くなかった。馬淵は内心ほっとした。珠子には似合いの相手に思われた。

「バイクが趣味だってね。」

彼は、横長の卓子をはさんで枝村と向かい合う椅子に腰を下ろすと、すぐそういった。

「はあ……。」

と枝村は笑って掌を額に当てた。

「こないだの信州はどうだった？」

ソファの二人は、ちらと目を見交わした。珠子はうつむき、枝村は顔を赤らめた。

馬淵は、もしかしたら彼が、お嬢さんを私にください、などと紋切型のことをいい出して自分をいたたまれなくするかもしれないことを、おそれていた。それで、いきなりバイクの話などを持ち出して相手の口を封じたのである。

それからは、珠子もまじえて信州の風物が話題になった。馬淵は、八ヶ岳の山麓に夏の仕事場を持っている。そこでの大自然に深々と包まれた暮らしの話に、枝村はすっかり魅了されたようだった。

「そのうちに、みんなでおいでよ。」

と馬淵はいった。

妻は、仕事の電話が入っていると呼びにきた。しばらく席を外して、戻ろうとすると、珠子と枝村のほかに、思いがけなくも次女の志穂や三女の七重の声もしていた。四人は、なにやら楽しげに語り合っている。

馬淵は、若者たちの団欒の邪魔をせぬように、応接間のドアの前から引き返した。

「どうなさったの？」

台所でケーキを皿に切り分けていた妻が、怪訝《けげん》そうに彼を見た。

「応接間なら、紅茶もケーキも四人分必要だよ。」

「四人分、というと？」

「いつの間にか、志穂や七重も仲間に入ってるんだ。」

まあ、と妻はいった。彼は、窓辺へいって、すでに初夏を思わせる蒸れるような空気を吸いながら、肝腎なことはなにも話さなかったな、俺は、と思った。これでいいのだ、とも思った。

応接間では、さかんに若い笑い声が湧いていた。

第五章　風

一

ゆるやかな坂道を登り切ったところで、馬淵は、うっかり足を滑らせて片膝を落とした。すぐ立ち直ったが、落した膝が新雪にまみれた。

「大丈夫?」と、前を歩いていた次女の志穂が足を止めて振り向いた。「珍しいわ、お父さんが雪道で転ぶなんて。」

「転んだんじゃないよ。ちょっと滑って膝を突いただけだ。」

彼は、膝の雪を払い落しながらいった。雪道といっても、アイスバーンになっている路面に新雪が薄く降り積もっているだけだから、普通のゴム長では、足に力を入れ損なうと滑ってしまう。それにしても、北国育ちで、こんな道は子供のころから歩き馴れていたはずなのに、膝を落してしまうなんて、と彼は思った。

すると、そんな彼の内心の呟きがきこえたかのように、

「膝がすこしずつ弱ってきてるんじゃないかしら、坐ってばかりいるから。」

次女はそういいながら、両手で彼の左腕を抱くようにした。

「おまえこそ、そんなことをするなんて珍しいじゃないか。」

「だって、お父さんが頼りないんだもの。」

と次女はいった。

幼いころから、はにかみ屋で、彼とはめったに手を繋いだり腕を組んだりしたことがなかったのだが、ここは都会を遠く離れた高原の避暑地で、しかも、いまはあたりに人目のない初冬の朝である。

その高原には、彼が夏の仕事場にしている山小屋風の粗末な家があり、二人は昨日の土曜日の午後からそこにきていて、今朝は街で暮らしていてはめったに味わえない、新雪を踏んでの散策を試みていたのであった。

そういえば、なにやら優雅だが、実際は秋に帰京するとき、もういちどくるつもりで置いたままにしてあった仕事の資料を取りにきたにすぎない。五十を過ぎてから、めっきり風邪をひきやすくなった妻の代わりに、次女が自分から車で連れてってあげるといってくれたのはありがたかった。二人は、一晩泊まりで出かけてきた。

次女に脇を支えられながら歩いていると、数カ月前に長女の珠子が結婚したときのことが思い出された。珠子が相手の枝村寛と二人で選んだ式場は、おなじ建物のなかにチャペルを持つ、都心の大きなフランス料理店で、式の当日、馬淵は生まれて初めてモーニングなる礼服を着用し、ウエディングドレスの長女に腕を貸して、重厚なオルガンの音色が流れるチャペルの絨緞の道にゆっくりと歩を進めたのであった。

順序からいえば、次は次女の番だが、いずれ、やはりこんなふうに腕を組んで送り出すことになるだろうか。

「お姉ちゃん、どうしてるかねえ。」

彼は、滑らぬように足元を踏み締めて歩きながら、ふと思い出したようにそういった。

「こないだ電話で話したときは元気そうだったわよ。」と志穂はいった。「ただお義兄《にい》さんの仕事が忙しくて大変だって。寝袋で事務所に泊まることが多いらしいの。」

「仕事が忙しいのは結構じゃないか。」と馬淵はいった。「寝袋で事務所に泊まるくらい、平《へ》っちゃらでなくっちゃ。若いうちは、頑張れるだけ頑張った方がいいんだ。」

行く手に家が見えてきた。次女はしばらく黙っていたが、表面を焼いた丸太を二本立てただけの簡素な門をくぐると、すぐに、

「お姉ちゃんがお嫁にいって、お父さんは寂しい？」

　といった。

「時々どうしてるだろうとは思うがね。」と、彼はちょっと笑っていった。「べつに寂しいとは思わないな。自分から望んで出ていったんだからな。」

「お母さんは、寂しいときがあるみたい。」

「そうか。女親の気持はまたちがうだろうからね。」

　二人は家に入って、石油ストーブを点けた。山の家は、火の気が絶えると急速に冷え切ってしまう。暖炉も焚きたかったが、何日も滞在するならともかく、今日中に帰ってしまうのでは薪が燃え尽きないから、焚くわけにはいかない。

　二人は、ストーブのそばで熱いココアを飲みながら、日が暮れるまでに東京の家へ帰り着けるよう、昼食を済ませたらすぐにここを発つことにきめた。

二

　昼近く、立ち籠めていた靄《もや》が霽《は》れると、頭上に青空がひろがり、寒気も弛んで、軒端に列をなして垂れ下がっている太いつららの先から、光る水玉が滴りはじめた。

帰り支度をし、家の戸締まりを済ませて、裏の林の縁に作ってあるカポネの墓に好物だった食パンを手向けて引き返すとき、馬淵は、今度は積雪に足を取られて尻餅を突いた。

「どうしたのかしら。カポネが笑ってるわ。」

次女が呆れたようにいった。

固く凍てついているとばかり思っていた積雪の表面が、意外にやわらかくなっていて、深く埋まった片脚が容易に抜けずにからだのバランスを失ったのだ。彼は、次女の手にすがって立ち上がった。

「やっぱり脚が弱ってるんだわ。もっと歩かなくっちゃ、お父さん。」

と次女がいった。

「歩いているつもりだけどね、せっせと。」

「足らないのよ。もっともっと歩かなくっちゃ。」

高原をくだる道は、アスファルトに凍てついていた雪が解けて、シャーベット状になっていた。

「おまえこそ油断してスリップするなよ。」

彼が注意すると、

「大丈夫。この車のタイヤはお父さんの足ほど衰えてませんから。」

と、ハンドルを握っている次女がいった。

彼は苦笑せざるをえなかった。

「おまえは、今朝からしきりに僕の脚のことを嗤うね。」

「べつに嗤ってるんじゃないわ。」

「いや、嗤ってる。見ていて、そんなに僕の脚は頼りないかね。」

「時々ね。お父さんだって、自分でそう感じることがあるでしょう?」

「それは、ないことはないけど。」と彼はいった。「おまえには、どんなときによたよたしているように見える?」

「よたよたとは、ちがうの。お父さんの歩き方、なんだかいつもより脚が重そうに、不自由そうに見えるのよ。」

「たとえば、どんなとき?」

「最近では、お姉ちゃんの結婚式のとき。」

と次女はいった。

ははあ、と彼は自分にも思い当たるふしがあって、うなずいた。

「チャペルで、お姉ちゃんと腕を組んで祭壇の方へ歩いたでしょう。あたし、あのとき初めてお父さんが歩くのをまじまじと見たのよ。なんとも不安定な歩き方で、はらはらしたわ。」

彼は、あのときの、自分の物ではなくなったような脚の感覚を、まざまざと思い出した。

「あんな歩き方になったのは、足のせいじゃなくて気持のせいだよ。」と、彼は笑っていった。「まさか大勢の人たちの注視を浴びて、珠子と腕を組んでしずしずと歩くことになるとは思わなかったからな。要するに、上気《あが》ってたんだよ、年甲斐もなく。足元が変にふわふわして、いまにも躓きそうでね。我ながら危なっかしかった。」

国道に出ると、濡れたアスファルトがむき出しになっていて、タイヤ・チェーンの音がうるさくなった。けれども、この先まだいくつか峠を越えねばならないから、チェーンを外してしまうわけにはいかない。

「でも、よかったわ、お父さんの足がおかしいんじゃなくて。」

と次女が前を向いたままいった。

「いくら足が弱くなったといっても、まだまだ娘の結婚式でよろけたりするような齢じゃないさ。」

と彼はいった。

「じゃ、今度は安心してていいんですね。」

次女の横顔に微笑が浮かんでいた。

「……今度って、おまえのときのことか？」

「そ。」

と次女は弾むようにうなずいた。

彼は、すぐには言葉が出なくて、黙って次女の赤みがさした顔を見守っていた。

「でも、すぐじゃないわよ。」

「脅かすなよ。」

「ただ、お願いが一つあるの。」

「お願い？……まさか、会ってもらいたい人がいる、なんて話じゃないだろうな。」

次女は笑い出した。

「お姉ちゃんがそういったの？」

「ああ。」

「それで、枝村のお義兄さんが家にきたのね。ところが、残念ながら、あたしにはいまのところお父さんに会ってもらいたい人なんかいないのよ。」

彼は、内心ほっとした。

「でも、結局おなじことかな、お父さんにとっては。相手がいないだけで。」

彼には、次女のいうことがよくわからなかった。

「どういう意味だ。」

「結論を先にいうとね、家を出て独立したいってこと。」

次女はいった。

彼は、いきなり鼻先に突風を食らったように、目をぱちくりさせた。

三

「なんだって？　もういちどいってみろよ。」

馬淵は、自分がつい、ならず者のような、あまり品のよくない言葉を口にしたのに気づいて、いい直した。

「おまえは子供のころから、だしぬけに妙なことをいい出すのが得意だからな。いちど聞いただけではわからない。もう一遍いってごらん。」

「じゃ、本当にもう一遍だけね。」

次女の志穂は、ちょっと出し惜しみするような表情をしてみせた。

「家を出て独立したいの。」

「……どうして急に?」

「急に思い立ったことじゃないの。ずうっと前から考えてたことなんだけど、お姉ちゃんの結婚があったりして、いい出すきっかけが摑めなかったのよ。」

馬淵は、次女がかなり以前からそんなことを目論んでいたなどとは、全く気づかずにいた。だから、表面は平静を装っていたが、内心ではすくなからぬ衝撃を受けていた。

「お母さんには話したのか。」

「まだ。」と次女はちいさくかぶりを振った。「だって、お母さんはまだお姉ちゃんがうちの家族から抜けたことに馴れ切ってないんだもの。時々、独りでしょんぼりしてるところを見かけるうちは、とても追い討ちをかけるように自分のことを話す気持にはなれないわ。それに、はっきりいえば経済問題が絡むことだから、まずお父さんの気持を打診してみたかったの。」

それで、次女が今度のあまり快適だとも思えないドライブの運転役を買って出た訳がわかった。

「どうして家を出ようと思ったんだ。家が嫌いになったのか。」

「まさか。」と次女は笑った。「いい齢をして、いつまでも親の脛《すね》を齧《かじ》っている自分に厭気がさしたのよ。」

なるほど、と彼は思ったが、次女の正確な年齢を憶えていない自分に気がついた。以前は、次女だけではなく、三人の子供たちの年齢をはっきり憶えていたものだが、いつのころからか記憶が曖昧になっている。それぞれの誕生日は憶えているのだが、齢の記憶があやふやである。

「……そうか。いい齢になったか。」

と彼は独り言のようにいった。

「なりましたよ、いつの間にかね。」

と次女も年齢をはっきりいわずに苦笑いした。

考えてみるまでもなく、子供たちもいつかはいい齢になり、次々に家を出ていって独立する。それは当然のなりゆきだと納得はしていても、子供の口から突然それを聞くことになると、親は他愛なく衝撃を受けてしまう。

「誰だって気がついたときはいい齢になってるもんさ。」と彼はいいながら、罐入りのウーロン茶を開けて、一口飲んでから次女に渡した。「だけど、いい齢になったおかげで、独立できる目処《めど》がついたろう。」

「そういえば、そうね。」

と次女も一口飲むと、彼に罐を返した。

「念を押しておくけど、なにか家に居辛いことがあったんじゃないんだね。」

「そんなんじゃないわ。もし許されるなら、このままずっと家にいたいくらいよ、何年でも。」

「僕の友人にも、ぼやいてるのがいるよ。上の娘が、よほど居心地がいいらしくて、いっこうに家を出ていこうとしないって。」

「そのお父さんには、御自分の家庭も娘さんも本当は御自慢なんじゃない?」

と次女がいった。

車は料金所を通って高速道路に乗った。

「それから、これもくどいようだが」と、彼はハンドルを握っている次女の腕を狂わせないように気をつけながら、穏やかに訊いた。「要するに、家を出て独り暮らしがしたいのだね？　同性異性を問わず、ルームメートはいないのだね？」

「いませんね。」

「信じていいね？」

「どうぞ。」

彼は、次女に覚《さと》られぬように窓の外へ目を向けて深い溜め息をついた。

四

父娘《おやこ》は、途中の広いサービスエリアにあるレストランで、遅い昼食をした。

「独り暮らしをすると、炊事が大変だよ。」と彼は食後の紅茶を飲みながらいった。「もう何十年も主婦をしているお母さんだって、いまだに毎日の献立には頭を悩ましてるんだから。」

「あたしも多分、頭を悩ますことになると思うわ。」

「外食にすれば楽だろうけどね。」

「そんなことをしたら、お金が掛かって大変よ。」

次女は、朝はパン食にし、昼は店で売っている弁当で済ませ、夜はストアで材料を買って帰ってゆっくり自分で食事を作るのだといった。

そこからは、タイヤ・チェーンを外して走った。道はゆるやかな下りで、もう都内まで雪で難渋するおそれがなかったからである。次女は、独立するのに要する費用について話した。

「まず、マンションの家賃だけど、これが七万八千円。」

彼はびっくりした。その方面の事情に疎い彼には、随分高いもののように思われたのである。彼は思わず、

「おまえ、そんな高い家賃払えるのか。」

といって、笑われた。

「払えなかったら、借りやしないわ。」

事もなげにそういう次女の顔を、彼は見詰めた。いつの間に次女は、この程度の出費を苦にしないほど豊かになったのか。そういえば、自分は志穂が勤め先から得ている月々の報酬の額を知らずにいるのだ、と彼は気づいた。

「家賃のほかにも要るだろう。」

「入居するときだけね。」

「いくら要るんだ。」

「礼金が二ヵ月と、敷金が二ヵ月。それに、周旋屋にお礼一ヵ月。」

彼は、驚きながら暗算した。

「ざっと四十万か。」

「そうなるかしら。」

次女には、動揺の色が全く見えない。

「その金はどうするんだ。」

「どうするって？」

「自分で都合するのか。」

「だって、貯金があるもの。」

けろりとしている。彼は、その金の工面を頼まれるだろうと思っていたが、当てが外れた。

次女は、人並みにお洒落好きだが、友達と外で会ってもあまり飲食をすることはないらしい。べつに貯めるつもりではなかったが、月々の遣い残りがいつの間にか溜まってしまったのだという。知らずにいたが、次女もいわゆる独身貴族の一人だったわけだ。

「だけど、せっかく溜まった金を、形式的な謝礼なんかに消費してしまうのは勿体ない気がするな。」

と、貧乏性の彼はいった。

次女の貯金がどれほどあるのか知らないが、いちどに四十万の出費が痛くないはずがないのだ。

「でも、仕方がないでしょう？」

と次女がいった。

彼は、自分の気持がいつしか次女へ力を貸そうとする方へ傾いているのに気がついた。彼はしばらく口を噤《つぐ》んでいたが、

「その四十万、お父さんが出してやろうか。」

と、やがていった。それから、なぜだか羞恥を感じて目をしばたたいた。

「じゃ、オーケーね？」

「オーケー？」

「あたしの独立にお許しが出たわけね？」

「おまえの考えが間違っているとは思えないし、おまえがしようとしていることを止めさせる理由はなにもないからな。」

「ありがとう、お父さん。」と次女は頬を紅潮させていった。「でも、お金のことは気持だけ頂いておくわ。今度のことは、自分で勝手に考えたことを実行しようというんだから、なるべくなら全部自分の力でやりたいの。」

「じゃ、こうしよう。」と彼は提案した。「入居のとき必要な経費は、お父さんが貸してやることにしよう、無期限、無利子で。貯金はできれば手をつけずに置いた方がいい。独り暮らしをしてると、なんで急に金が必要になるかわからないからね。借りるのが厭だったら、立て替えて貰ったと思えばいい。いまよりもっと余裕ができて、返せるようになったら返してくれればいいんだ。」

「じゃ、せっかくだから、すこしの間、立て替えて貰うことにするわ。でも、お母さんが同意してくれるかしら。」

「おまえの独立に?」

「それは自分でなんとか説得するけど、お父さんのお金の方が心配。」

「金のことなら、心配御無用だよ。お母さんのふところには関わりのない金だから。」

「そんなら安心だけど。」

「ところで、約束して貰いたいことが、二つある。」

彼はいった。

「将来、誰かと一緒に暮らすことになったときは、かならず報告すること。」

次女は笑った。

「それはないと思うけど、万一そんなことになったらね。」

「もう一つは、なるべく週末には家に帰って泊まること。」

「お安い御用だわ。」

と次女はいって、罐に残っていたウーロン茶を飲み干した。

五

それから二、三日後の夜遅くなってから、妻がそっと彼の仕事部屋へやってきた。湯あがりらしく、石鹼と淡い化粧水のにおいがしていた。

「お邪魔していいかしら。」

「構わないけど、ここは暖房がないから、長居をすると湯冷めするぞ。」

と彼はいった。

暖房で暖まった部屋にいると、彼は忽ち眠気を催す。だから、仕事部屋に暖房を持ち込むのは禁物なのである。膝掛けの電気毛布で腰から下を暖めていさえすれば、東京の冬の寒さは凌《しの》ぐことができる。

「志穂が家を出ることに賛成したんですって？」

と、妻が彼の背後に両膝を落していった。

「反対する理由がなかったからね。」と彼はいった。「家を出るといっても、べつに家出をするわけじゃないんだから。週末には帰ってくるって約束した。」

「でも、急にいい出すからびっくりするわ。」

「一緒に風呂へ入って話したのか。」

「ええ。私の背中を流してくれながら話したんだけど、お風呂へ入ってると、気持がひとりでに和むでしょう。そこをねらったのね。あの子、策士ね。」

彼は笑った。

「改まって話すのが苦手なんだよ。それに、今度のことは随分前から考えていたらしい。話はだしぬけでも、思いつきなんかじゃないようだ。珠子の結婚があったりして、話すきっかけを摑めずにいただけだよ。」

「あなたは、あの子が御贔屓《ひいき》だから。」

そういわれると、彼は胸の奥にしくりと痛みをおぼえるのだが、

「なにをいってるんだ。あの子はおまえさんを案じて話すのを遠慮してたんだぞ。」

といった。

「私のなにを案じてくれたのかしら。」

「珠子が嫁いでいって、あまり間を置かずに自分も家を出るといったら、さぞかしショックだろうって、おまえさんが元気を取り戻すのを待ってたんだよ。」

「私だって覚悟はしてますよ。三人とも女の子なんだから、一人ずつ出ていって、やがてはあなたと二人きりになってしまうってことをね。だけど、二人もつづけざまに出ていかなくったって……。」

「仕方がないさ。」と、彼はすこし黙っていてからいった。「志穂は巣立ちの予行をしてるようなもんなんだから、そっとしておいてやろう。きっと、そのうちに戻ってくるよ。」

「そうかしら。」といいながら、妻は立ち上がった。そう寒い夜ではなかったが、妻はすこし鼻声になっていた。「あなたは寂しくありません?」

「それは寂しくないこともないさ。でも、我慢するより仕方がないだろう。」

「……そうね。じゃ、お先に。」

「ああ、おやすみ。」

妻は、肩をすぼめて部屋を出ていった。

六

その翌日の早朝、馬淵が階下の台所の食卓で寝酒を飲んでいると、早起きの苦手な次女の志穂が珍しく、パジャマの上にカウチンセーターを羽織っただけでそっと降りてきて、例のマンション入居時に必要な金を明後日までに都合して貰えないだろうか、といった。

「やっぱり、いくのか。」

と、ほろ酔いの彼はいった。

「ええ。ゆうべ、お母さんに話してわかって貰ったから。」

「あさって金を払って……。」

「週末に引っ越し屋がきてくれることになってるの。」

「相変わらず手回しがいいな。」

彼は、思わず湧いた苦笑を紛らすように立ち上がった。すこしふらついて、椅子の背に摑まった。

「どうしたの?」と志穂がいった。「なにか要るものがあったら、あたしが取ってきますよ。」

「大きなお世話だ。おまえに金のありかを知らせるわけにはいかないよ。」

彼は、そのまま台所を出て階段を昇り、仕事部屋から次女に渡す金を持ち出して、また台所に引き返した。階段は冷え込んでいて、身ぶるいが出た。台所は暖房で暖まっている。

「おまえのところには、暖房がついてるのか。」

「ついてるわけ、ないでしょう。安マンションだもの。ちいさな炬燵、貰っていきます。」

「炬燵だけで間に合うのか。風邪をひくぞ。」

「もうすこし余裕が出来たら、ストーブぐらい買うわ。」

彼がふところから金を取り出して食卓に置くと、志穂は驚いて目をまるくした。

「あら……いますぐでなくてよかったのに、お父さん。」

「早い方がいいだろう。ぐずぐずしてて、渡す機会をなくしちゃいけない。」

「お父さんが箪笥貯金してるとは思わなかったわ。」

と志穂が笑っていった。

「なんだ、箪笥貯金とは。」

「銀行とか郵便局じゃなくて、自分の箪笥の底にお金を貯めておくこと。」

「なるほど。僕のところには箪笥はないが、まあ、似たようなもんだな。でも、決して怪しげな金じゃないからね。僕は、若いころから貧乏だったせいか、金の使い方が下手でね。使い道を探しているうちに、溜まってしまったんだ。おまえとおなじだよ。」

「じゃ、あたしの方が似たのね、お父さんの子供だから。」

彼は、若すぎるワインのグラスを口に運びながら、なんとなく週末までの日数をかぞえていた。

週末は、朝から穏やかな日和に恵まれて、次女の引っ越しは予定通りおこなわれた。夜ふかしの彼は、次女の部屋から重いものを運び出す若者たちの、耳馴れない掛け声や足音で目を醒ました。もう昼に近い時刻になっていた。

着替えていると、ドアをノックして次女が顔を覗かせた。髪を三つ編みにして、知り合いの女流画家から作業衣に貰ったという絵の具まみれの上っ張りの袖を捲り上げている。

「お早うございます。」

「お早う。引っ越しは進んでるか?」

「もう荷物はあらかた車に積み終えました。」

「早いな。」

「だって大した荷物じゃないもの。あたし、これから荷物と一緒にトラックへ乗っていくの。」

「荷台はよせよ。」

「勿論。お父さんの時代とちがうわ。大した荷物じゃないけど、全財産だから一緒にいてやりたいの。じゃあ、お父さん。」それから次女は、ふっと真顔になって、「これでいいのかしら。」

なにが、と彼は尋ねた。

「御挨拶。」くすっと笑って、「いいのよね、お嫁にいくんじゃないんだから。また来週の土曜日に帰ってくるんだから。」

「ああ。気をつけてな。」

「お父さんも風邪をひかないように。じゃあ。」

次女の笑顔がドアのかげに消えた。

階下で洗面していると、妻がなにかぶつぶつ呟きながら玄関から入ってきた。

「どうした。」

「せっかく見送ってあげたのに、手をひらひらさせただけ。」

彼は笑って、それでいいんだよと口のなかで呟いた。

朝昼兼用の食事を終えてから、彼は部屋へ戻る前に、次女の部屋をちょっと覗いてみた。次女はいうまでもなく、見馴れた家具調度がなに一つないのを承知の上で、なぜだかそうせずにはいられなかったのだ。

南側の小窓と、東側の小窓が開いていて、そこを吹き抜ける風がレースのカーテンをひるがえしていた。彼は、ほんのすこしの間、部屋のまんなかあたりでその風に吹かれていたが、やがて両方の窓を静かに閉めてロックをすると、部屋を出た。

第六章　炎

一

　日が落ちてから、急に風が冷たさを増していた。馬淵は、応接間の隣の小部屋に置くファクシミリで仕事を一つ送り終えると、首をすくめて二階の仕事部屋へ引き返した。階段には、昆布でだしを取るにおいが台所から洩れ出て漂っていた。

　今夜はおでんか、と彼が階段の途中でそう思ったとき、台所で電話が鳴るのがきこえた。妻は、食事の支度をしていてガス台から離れられないようなとき、予めコードレスの電話機をそばに置いておくが、その電話機が鳴っている。妻がすぐ出た。

「……ああ、お姉さん。お変わりありません？」

　それで、相手が郷里で独り暮らしをしている姉だと即座にわかったが、彼が思わず足を止めたのは、それにつづく妻の問いがあまりにも気遣わしげだったからである。

「……どうなさったんです？　お姉さん。なにかあったんですか？」

妻は、繰り返しそういっていた。

彼は、階段を下まで降りて台所の戸を開けた。

「どうかしたのか？」

妻は急いでガスを消し、電話の送話口を掌で塞いでいった。

「お姉さんの様子がちょっと変なんです。」

「どんなふうに？」

「話してることがよくわからないの。」

「呂律が回らないのか？」

「そうじゃなくて、話が飛び飛びで、とりとめがないの。時々、長い溜め息がはさまるし。」

「代わってみようか？」

と彼はいったが、いや、いまはよそう、と思い直した。姉は、彼が電話口に出ると、話し馴れないせいか緊張して、かえってしどろもどろになるのだ。

「落ち着いて、もういちど話して貰ってごらん。寒波がきて、すくんでるんじゃないのか？」

彼はそういって台所を出た。

ところが、自分の部屋へ入ってしばらくすると、妻が急ぎ足で階段を昇ってきた。何事かと思っていると、あなた、大変、という声を先に入口の襖が勢いよく開いた。妻は顔をこわばらせていた。

「どうしたんだ。」

「お姉さんが、あやうく火事を出しそうになったんですって。」

彼は、驚きのために言葉を失った。

「石油ストーブの操作を誤ったらしいの。」

「石油ストーブの？　操作を誤ったって、どうしたんだろう。」

姉は七十歳に近いが、老母が健在だったころから、もう長い間、二台ある石油ストーブは自分独りで管理していて、これまで全く危なげがなかった。姉は、石油ストーブの扱いには馴れているはずで、いまごろ出火に繋がりかねない過失をおかすとは思えなかった。

「お姉さんが、とぎれとぎれに説明してくださるんだけど、私にはよくわからないのよ。」と妻がいった。「お姉さんの説明は正しいと思うんだけど、私、もう長いこと石油ストーブを使ってないし、石油ストーブ自体が前とは随分変わってるらしいし、いろんな種類が出てるから、電話じゃ全く理解できないの。」

「もう切ったのか？」

と彼は訊いた。

「ええ、長電話になりそうだったから。いけなかった？　代わればよかったかしら。」

「いや、いいんだ。代わったって、僕にもなにもわからなかったろう。」

「お姉さんの気持が落ち着いたころ、あなたの方からかけてみてくださいな。」

彼は、姉が夕食の後片付けを済ませたころにかけてみることにした。

「それにしても、よく火事にならなかったもんだな。」

「ストーブから、めらめらっと炎が立ち昇ったんですって。お姉さん、びっくりして、腰を抜かしそうになったらしいわ。」

「突然ストーブが火を噴いたら、誰だってびっくりするよ。」

「よく天井やそばの板戸に火が移らなかったと思って。」

「腰を抜かしてたら、絶望だったな。」

「さいわいお姉さんは歩けたから、背戸から悲鳴を上げたんですって。それを裏の家の大工さんが聞きつけて、駈けつけてくれたの。」

「大工さんが家にいてくれたのは、幸運だったね。」

「ほんと。大工さんが運んできてくれたバケツ一杯の水で、火は消えたんですって。よかったわ、大事にならなくて。」
妻は溜め息を一つつくと、襖を閉めてまた階段を急ぎ足で降りていった。

二

期末試験を控えている七重は、大学の図書館で級友たちと一緒に勉強しているらしく、このところ帰りが遅い。馬淵は、食卓に独りぽつんと頬杖を突いて、おでんを肴に、熱い酒をちびりちびりやっているうちに、郷里で独り暮らしをしている姉の身を案じる自分たちの気持に、盲点が一つあったことに気がついた。それは、老齢を迎える姉の健康を気遣うばかりで、からだの機能の低下についてはあまり考慮しなかったことである。

姉は、生まれつきの弱視だが、これまで日常生活の不自由を克服してほとんど人並みに暮らしてきた。その上、箏曲教授の資格を持って多くのお弟子たちに教えてきた。馬淵夫婦は、決して姉の独り暮らしを楽観していたわけではなかったが、本人がかたくなに独り暮らしを守るつもりなら、せめて健康と怪我には充分気をつけて貰いたいと思っていた。けれども、迂闊なことに、からだの機能の低下に留意することを忘れていた。

姉は、齢とともに、体力ばかりではなく、五感もすこしずつ鈍っているのである。とりわけ、生来弱かった視力は、常人とは比較にならぬほど落ちているにちがいない。たとえば、いまの姉の視力では、消したと思ったストーブに残っているちいさな炎を、うっかり見逃してしまうのではなかろうか。やがて七重が帰ってきた。三人は一緒に食事をしたが、夫婦は郷里の姉のことを話題にしなかった。彼が、さっき食事の前に気がついた自分たちの考えの盲点を妻に打ち明けたのは、七重が食事を終えて二階の部屋へ引き揚げてからである。

妻も、姉の健康だけを案じていたので、彼の気づいた盲点に驚いていた。

「そろそろ、姉にもこっちへきて一緒に暮らすことを本気で考えて貰わないとね。」

と彼はいった。

姉は琴を生き甲斐にしている。姉を東京へ呼び寄せることは、姉からたった一つの生き甲斐を取り上げることになる。死んだ母も、馬淵夫婦も、それゆえに遠慮してそのことにはふれないようにしてきたが、もう限界だろう。

「うちは子供といっても、いまは七重だけですから、お姉さんと一緒に暮らすのはいっこうに構わないんです。ただ、田舎の家みたいに広くないから、なにかと不自由でしょうけど。」

「それは我慢して貰うさ。終戦直後のころは、もっとちいさな小屋に住んでたんだから。」

彼は、姉に電話してみようかと思ったが、よしにした。電話では姉を戸惑わせるばかりだし、郷里の電話は茶の間の外の廊下にあるから、長電話になれば姉に風邪をひかせるおそれがある。

「そのうちに僕が暇を見つけて、いちど様子を見に帰ってこよう。」

と彼は妻にいった。

三

馬淵が郷里へ帰るには、北の新幹線で終点までいき、在来線に乗り換えてなおも小一時間ほど北上するか、それとも、空路三沢までいって、そこから鉄道で一時間あまり引き返すかの、どちらかだが、旅は所要時間ではなく距離が問題だから、空路の方がすくない時間で済むにしても、おなじくらいくたびれる。

馬淵は、珍しく年内の仕事が早目に片付いたので、一泊だけのつもりで、郷里へ帰っていった。姉は、週にいちど、土曜日だけ隣町の稽古場へ出かけている。片道四十分の道をバスに揺られて往復し、いまは五、六人になってしまったお弟子に教えるだけだが、齢を重ねるにつれてこれだけでも大層疲れるようになった。日曜日と月曜日は、ぐったりとして、なにをする気にもなれない。

それで、妻の菊枝は、盛り場の駅ビルにあるトラベルセンターから、火曜日の午後に羽田を発つ便の航空券と、姉の好きな半生菓子を買ってきた。むこうの空港と、いま姉が住んでいる町との、ちょうど中間あたりに、馬淵が生まれ育った市があり、そこに彼が常宿にしているホテルがある（彼が胃潰瘍で吐血したあのホテルだ）。羽田を午後の便で発てば、そのホテルに一泊して翌日姉を訪ねることになる。その気になれば、その晩のうちに、町までいって泊まることもできるのだが、夜具や食事の支度が姉には重荷になるから、途中のホテルに宿泊した方がいいのだ。

生まれ故郷には、雪がほとんどなく、寒さも東京と比べてそうちがうようには思えなかった。ホテルの暖房が暑苦しく感じられた。

彼は、なかなか寝つかれなかった。以前、この部屋で吐血したときのことが、いろいろと思い出された。あのときは、自分はここでこのまま死ぬのかもしれない、ここで自分の人生の幕が降ろされるのかもしれない、と薄れがちな意識で何度も思い、心細さに堪えかねて、枕許に付き添っていてくれた連れの手をさぐったのだった。連れは彼の手をやわらかく握り返した。

「大丈夫。よけいな心配はなさらないように。命に関わるような吐血じゃないように思います。すぐ救急車がきますから。」

　そういう連れの、経験豊かな看護婦のような落ち着いた言葉がどんなに心強かったことか。あのときの連れの言葉通りに、彼は死を免れて、いまは健康を取り戻したからだをおなじベッドに横たえている。あのとき破れた潰傷の跡は、もはや胃カメラには引き攣《つ》りのような白い痕跡としか映らない。彼の血が汚した緞毯も、洗った跡がいくらか白っぽくなっているだけである。

　あのときの連れの女性は、どうしているだろうと彼は思った。入院中は花を持って何度か見舞いにきてくれたが、退院して東京へ帰ってからはいちども会っていない。手紙は何通か書いたが、返事はなかった。

　ついでに、ちょっと声をかけてみようか、と彼は思い、珍しくわずかに胸がときめくのをおぼえた。けれども、明日は午後には姉のところから空港に戻って、羽田へ戻る最終便に乗らねばならない。声をかけるといっても、せいぜい今夜のうちに、電話で二言三言、言葉を交わすだけである。彼女の齢のわりには若々しい艶のある声が、彼の耳の奥によみがえった。

彼は、サイド・テーブルのスタンドを点けた。それから、ふと、彼女はすでに再婚しているのではなかろうな、と思った。それが彼を躊躇《ためら》わせた。彼は、電話機へ伸ばしかけていた手を引っ込めた。

肝硬変で亡くなった夫の七回忌を済ませたばかりの、四十半ばの未亡人であり、土地の高校を出た一人息子を関西へ板場の修業に出したあと、街の中心からすこし外れた静かな住宅地にぽつんと亡夫が残してくれた、こぢんまりした料理屋の灯を消すまいと精出している、健気な女将である。

もしかしたら再婚を、と彼が思ったのは、いつか彼女の口から、息子にいい嫁が迎えられたら郊外にちいさな家を建てて独り住まいをしながら、好きな絵でも描いて暮らしたいと、ふと洩れるのを耳にしたことがあるからである。

「ずっと独りでかい。」

「ええ。だって仕様がないでしょう?」

「そうなれば、一緒に暮らしたいという熱心な相手が出てこないとも限らない。」

「まさか。そのときはもう、お婆ちゃんですよ。」

「齢なんか関係ないさ。」

彼女は笑っていたが、全く再婚の気がなさそうにも見えなかった。

彼は、受話器を取らずに、スタンドを消した。彼女が再婚していたにしろ、まだ独りでいるにしろ、一言でも言葉を交わせばいよいよ眠れなくなってしまうにきまっているからである。

四

翌朝、朝食のあとで、彼は姉のところに在宅を確かめる電話をしてみた。姉は、時には町の裏山の中腹にある菩提寺へ墓参にいって、ついでに庫裏でお茶を頂きながら同年配の住職に愚痴を聞いて貰ってくるのである。朝から晴れて穏やかな日だったので、どうかと思ったが、さいわい姉が電話口に出た。

「しばらく。」と、姉は思いのほか元気な声でいった。「さっき東京から電話があったえ。もう用事は済んだ？」

妻は、姉の負担にならぬように、彼がわざわざ姉のために帰郷したのではなく、所用の旅のついでに寄るのだというふうに話したのだろう。用事は済んだと彼は答えた。

「こっちへくる？　したが、墓地は泥濘《ぬか》るんでて、とても普通の履物じゃお参りできないけんど。」

「じゃ、今回はお墓参りは諦めるよ。」

「でも、和尚さんがあんたに会いたがってた。今夜泊まってったら？」

「そうもしてられないんだ。午後の飛行機に乗らなくちゃ。」

彼は電話を切ると、フロントに遠出のタクシーを頼んだ。

以前は養蚕農家だったという町はずれの借家は、大分やつれて、二階の戸袋には何条もの亀裂が入り、軒下には足長蜂の巣がいくつも見えていた。玄関の〈生田流箏曲教授〉の黒ずんだ看板が、強風に吹き曲げられたままになっていた。彼は、それをまっすぐに直してから玄関を開けた。

姉は、腫れぼったい顔をしていた。太る体質ではないから、どこか具合が悪いのかと思ったら、寒さで浮腫《むく》んだのだと姉はいった。目が細くなり、頬が垂れ下がったように見えるところが、死んだ母に似ていた。

「母さんに似てきたね。」

と仏壇の前を離れながらいうと、姉はくすっと笑って、

「あんたもな。」

といって彼の土産の半生菓子を両手で押し頂くようにした。

「やっぱり、そうかい。近頃母さんを知ってる人によくそういわれる。」

「そりゃあ、親の子だもの。あんたはなにもかも母さん似せ。」

家のなかには、いつもの温もりが欠けていた。寒がりの姉にしては珍しく、どこか冷え冷えとしている。姉は彼に炬燵を勧めた。

「そうか、ストーブがなくなったんだ。」

彼が気がついてそういうと、

「ストーブなら、あるえ。」

と姉は強い口調でいって、板戸のそばに置いてある箱型の石油ストーブを指さした。

「でも、使えないんでしょう?」

「なして? ちゃんと火が点いてらえ。」

へえ、と彼は拍子抜けして、その方へ手をかざしてみた。確かに暖かさを感じる。

なるほど、と彼は姉の顔を見た。姉は笑い出した。

「それ、焼けたのとちがうのし。」

「道理で。」

「焼けたのはもう使えそうもないすけ、物置きに仕舞っちゃったの。」

「これは買ったの?」

「前からあったの、おなじものが。この町に稽古場があったころ使ってたやつが、そっくりそのまま残ってたのし。」

「でも、焼けたやつとおなじタイプだとすると、これもおなじ欠陥を持ってるんじゃない?」

「そうなのえ。だすけ、こわくて独りでは火が点けられなくて、裏の大工さんに点けて貰ったの。」

それで、姉はストーブの炎を大きくできずにいるのだ。器機のたぐいにはまるで自信のない彼は、それでも姉の手前びくつくわけにもいかず、平気を装って無造作に炎を大きくした。姉は彼を眩しそうに見た。

「大丈夫?」

「これでいいだろう。」

彼は炎を調節する仕方を教えたが、

「でも、おらは、当分ストーブはいじれない。」

と、姉は後込《しりご》みするようにいった。

これまでなんの故障もなかったストーブが突然火を噴いたのだから、無理もないと彼は思った。

「炎がめらめらと立ち昇ったって?」

「そうなのえ。あったらに大きな炎を見たのは初めて。もう駄目かと思った。」

けれども、茶の間の天井にも板戸にも、炎に舐められた痕跡は見えなかった。

「でも、よく火傷をしなかったな。」

「とても自分の手には負えないと思ったすけ、ストーブはそのままにして裏の大工さんを呼びにいったのし。」

もし火事になるとすればそのときだったろうが、運がよかったことに、ストーブのまわりに燃え易いものはなにもなく、裏の大工さんが在宅したのであった。

「大工さんが家にいてくれたのは、天の助けだったな。」

「ほんと。もし留守だったら、どうなっていたか……。」

彼は、そのとき姉がどのようにストーブを操作したかを尋ねながら、ストーブがなぜ突然炎を上げたかを考えたが、結局はわからずじまいになった。もしストーブが普通の状態で、姉が彼に話した通りに操作したのであれば、ストーブは火を噴くはずがないのである。ストーブについてなんらかの誤認があったか、姉の操作に誤りがあったか、どちらかのせいだと思うほかはなかった。

五

彼は、空港へ向かう時間ぎりぎりまで、姉とこれからのことを話し合った。

姉はこれまで、自分自身の力で暮らせるうちは、この土地を離れずに独り暮らしをつづけようという固い意志を持ちつづけてきた。それは、おそらく虚弱に生まれつき、家族のお荷物として成長した自分の前半生に対する反撥でもあったろう。それに、勿論、生き甲斐としての琴への執着である。けれども、今度の小火《ぼや》騒ぎで、その固い意志もさすがにぐらついたようだった。

もし、あれが自分の過失だったとしたら、今後おなじ過失を二度と繰り返さないという自信が、正直いって自分にはない、と姉はいった。姉は、これまであまり気にしなかった体力や注意力の衰えを痛感したらしかった。

「やっぱり、そろそろここを引き揚げる潮時だよ、姉さん。」と彼はいった。「からだの衰えだけを嘆いていられるうちに、うっかりした過失が大事にならないうちに、東京へいって一緒に暮らそうよ。あんたはなにも心配することはないんだ。」

ありがと、と姉はぺこりと頭を下げた。目の縁が赤くなっていた。それきり、うつむいて黙っているので、

「なにか問題があるかな？」

と尋ねると、

「ちょっとな、考えてたのし。お琴を弾けなくなったら、毎日どんなふうに暮らしたらいいのかって。おらには見当がつかね。それに、やっぱり社中の人たちと別れるのは辛くてなし。」

と姉はいって、みるみる涙ぐんだ。

そろそろ空港へ向かわなければならない時間であった。彼は黙って立って、町のタクシー会社へ電話した。

「やっぱり帰る？」

と背中で姉がいった。

「うん。ゆっくり考えてみてよ。今度は迎えにこれるといいな。」

彼はそういって、置いた受話器をちょっとの間指で押しつけたままでいた。

六

タクシー会社では、いま車が出払っているから十分ほど待って貰えないだろうかということだったので、馬淵は、玄関に旅行鞄を置いて、脇道を裏の大工さんの家へ回っていった。大工さんが家にいたら、先日のことで直接礼をいいたかったからである。

このあたりでは、家を留守にするときは別だが、家族の誰かが居残っているときは玄関に施錠しないのがならわしである。玄関の戸は滑るように開いた。さすがは大工さんの住まいだな、と彼は思った。自分のところのがたぴしの戸とは大違いで、細かい部分まで手入れがゆき届いている。誰も出てこないので、彼は奥の方へ声をかけた。

三度目で、主《あるじ》の繁蔵さんが寝乱れた髪を五本指で梳《す》くようにしながら、のっそりと出てきた。無精髭が伸びていて、この数日は仕事がないらしい。

「あれ、前の家の旦那《だな》さん。」

繁蔵さんは、寝惚け眼を瞠っていった。

「しばらくでした。」と馬淵は頭を下げた。「ちょっと姉の様子を見にきたんですが、こないだは大変お世話になったそうで。」

姉は、礼は充分にしたといっていたが、そのときになって馬淵は、なにか自分も子供たちが喜びそうな手土産を用意してくるべきだったと気がついた。繁蔵さんは四人の子持ちである。

「なに、おらはバケツに水を汲んで駈けつけただけで……。」

「それで助かったんですよ。その水で火は消えたそうじゃないですか。」

「古い家でよかったんでやんす。」と、繁蔵さんが玄関の上がり口にしゃがんでいった。「いま流行《はやり》の新建材で出来た家だったら、おらのバケツも間に合わねかったかもしんねえす。」

「炎が高く上がったんですって？」

「はぁい、そばの板戸を舐めて天井まで届くくらいに。」

「危なかったな。あんたがいてくれて、本当に運がよかった。」

「偶然、仕事が休みの日で。」

「だけど、これまで故障のなかったストーブが、どうして突然火を噴いたりしたんでしょうね。炎の立ち方や姉の釈明から、なにか気がついたことがありましたか？」

繁蔵さんは、視線を土間に落してしばらく黙っていたが、やがて呟くように、

「目が、なっす……。」

といった。

馬淵は、やっぱり、と思いながら無言でうなずいた。

「こったらことというて、申し訳ながんすけんど」と繁蔵さんは、ちらと馬淵の顔を見上げてから、言い難そうにつづけた。「お琴せんせは前から目がお悪かったけんど、ちかごろはまたすこしずつ視力が落ちておいでのよんて。」

姉は、近所の人たちからお琴せんせと呼ばれている。

「僕もそう思っていますが、あなたにもわかりますか？」

と馬淵はいった。

「はあ。こないだストーブが燃え上がったとき気がついたんでやんす。」

繁蔵さんは、あとで姉からくわしく話を聞いて、給油のために消したつもりの火がすっかり消えていなかったのではないかと疑った。それに、給油する際、姉の手許が狂って灯油がわずかにこぼれたらしい。それに消え残っていた火が引火したのだ。自分にはそうとしか思えない、と繁蔵さんはいった。

馬淵も同感であった。おそらく繁蔵さんのいう通りだったのだろう。

「そろそろ独り暮らしは無理だと思ってたんです。いずれ東京へ連れていくことになるでしょうが、それまで、どうぞ力になってやってください。」

馬淵がそういって頭を下げたとき、道の方から車のクラクションがきこえ、家の背戸から姉の呼ぶ声がきこえてきた。

「それじゃ、これで。お邪魔しました。」

馬淵は玄関を開けた。

「これから東京さお戻りでやんすか。」と、繁蔵さんは上がり口に膝を落していった。「どうも御苦労なこって。お琴せんせのことは御心配なく。」

「時々、声をかけてみてください。」

姉は、タクシーのそばまで送ってこようとしたが、寒気の緩みで解けた雪がシャーベット状になっていて、高下駄の運びが危なっかしく、馬淵は玄関へ連れ戻して自分だけ小走りにタクシーへ戻った。

馬淵は窓から手を振ったが、姉は見えるのか見えないのか、玄関の柱に靠《もた》れるように佇んだまま、道の方へ眩しそうに目を細めていた。

第七章　幻

一

郭公《かっこう》が啼いていた。郭公の啼き声は、いつだって遠くからきこえてくる。子供のころを過ごした北の郷里でもそうだったし、信州のこんな山のなかでさえそうだ。馬淵は、まだ郭公の姿を見たことがないし、すぐ近くで啼くのを聞いたこともない。

彼は、ベランダの椅子で郷里の遅い春を思い出していた。明るい日ざしを浴びていたが、風はまだ幾分冷たい。子供のころは、あの遠くからきこえてくる郭公の声がなんと待ち遠しかったことか。あの声を聞くと、きっと胸がときめいてきたものだ。

七重がガラス戸を開けてベランダへ出てきた。七重は、道や乗物の混雑する初夏の連休をやり過ごしてから、自宅の書庫からはみ出した馬淵の蔵書を車のトランクに詰め込んで運んできてくれたのであった。

「お父さん、カポネはすっかり大人になったね。」

七重がそういうので、馬淵はちょっと驚いてデッキチェアから頭を擡《もた》げた。カポネは以前飼っていたブルドッグだが、とっくにフィラリアにやられてこの世にはいない。

「カポネが大人になったって？」

馬淵は、眉根を寄せて七重を見た。

「食堂の壁の写真を見た？」

「勿論、見たよ。」

「もう涎《よだれ》の跡なんかなかったでしょう。」

彼はくすっと笑って、椅子の背に頭を戻した。

「なんのことかと思ったら。あの涎の跡なら、あのときいちどきりだったよ。もう何年も見ない。」

七重は、彼の前の手すりの丸太へ飛び乗って腰を下ろした。長袖シャツの両腕を肘のところまで捲り上げ、ショートパンツから太腿をむき出しにしている。

「なんだい、その恰好は。」

と彼は眩しいものから目をそらしていった。

「いま、お風呂場を洗ってたの。」

「それは御苦労さん。でも、ショートパンツはまだ早いだろう。」

「脚に水の飛沫《しぶき》がかかると、ちょっと冷たいだけ。」

七重は、なんでもなさそうにいったが、太腿も膝小僧もピンク色に染まって、寒そうに見えた。

「掃除はもういいから」と彼はいった。「ジーンズでも穿けよ。風邪をひくぞ。」

けれども、七重は取り合わずに別の話をした。

「お風呂場を洗っててね、腰を伸ばしたついでに窓の外を見たら、今朝やった食パンをちょうどカポネが食べてたの。」

馬淵は口許に笑いを浮かべた。風呂場の横長の窓から見える裏手の林の縁《へり》には、骨壺を埋めたところにほぼ二等辺三角形の先の尖った自然石を置いただけの、カポネの墓がある。カポネは生前、食パンが好きだったから、仕事場に滞在中は時々固くなったパンを墓に手向けるのだが、カポネを葬ったばかりのころ、手向けたパンがほどなくきれいになくなってしまうのに、みんな大いに驚いたものであった。

（カポネが食べた！）

誰かがそう叫んだ。実際、骨になって墓のなかにいるカポネが、目に見えない前肢でパンを掻き寄せ、墓のなかへ引きずり込んで、ゆっくり空腹を満たしたのだと思うほかはなかったのである。

馬淵らは、そういう想像をあまりばかばかしいものだとは思わなかった。むしろ、現実にそうであって欲しいと思っていた。だから、カポネの墓に手向けたパンなりチーズのかけらなりが、やがてなくなっているのに気がついても、家族の誰もが、

（カポネが食べた）

と心に呟くだけで、いちいち騒ぎ立てるようなことはしなかった。

けれども、カポネを残して引き揚げかねているうちに、彼らの幻想が破れる日がきたのであった。

二

その日、カポネの墓の前に放ってやったパンがすこしずつ動き出すのに気がついたのは、馬淵であった。彼も、手洗いに立ったついでに、今日の七重とおなじように風呂場の窓から墓の方へ目をやったのである。日ざしの明るい午前であった。彼には、いつもとちがった好奇心があった。その日手向けたのが、ちいさく切ったり割ったりしない、そっくり一枚分の

食パンだったからだ。

あんなに大きなパンを、カポネはどうやって墓のなかへ引きずり込むのだろうか。今日こそカポネのやり方を見届けてやろう。彼は半ば本気にそう思っていた。

最初に見たときは、パンは元の場所にあってぴくりとも動かなかった。ところが、二度目に見たときは、パンはさっきの場所から二センチほど墓の方へ移動していた。おや、と彼は思い、そのまま窓際に佇んで、パンを見詰めつづけた。

すると、しばらくして、パンがゆらりと揺れ動いたかに見えた。全体が地面からわずかに持ち上がったらしい。けれども、固くなったパンが宇宙船のように自力で宙に浮き上がるはずがない。それで、わずかに持ち上がったパンと、地面との隙間に目を凝らしていると、不意に四角な食パンの一角がより高く持ち上がって、青味がかったゴルフボールのようなものがあらわれた。

ゴルフボールではなかった。ちいさいながら目も耳も肢もある野鼠であった。そのゴルフボールほどの野鼠が、たった一匹だけで、一枚の食パンを背中にのせているのであった。まことに力持ちの野鼠であった。

それから、野鼠は墓石の脇をうしろの藪の方へ駈けた、食パンをしっかりと背負ったまま。

おそらく、その藪のなかに巣穴があるのにちがいない。

七重も、さっき風呂場の窓から、ちょうど野鼠がパンのかけらを背中で運ぶところを見かけたのだろう。もう見馴れているから、驚かない。けれども、カポネが大人になったといったのは、野鼠とはなんの関係もないことだ。

カポネは生前、雑誌のカメラマンに人気があって、かなりの枚数の写真を残した。この山麓の家の食堂の壁に飾ってあるのも、その一枚である。性格とは裏腹の猛々《たけだけ》しい顔貌をクローズアップにしたものだが、暑い季節だったらしく舌の先を覗かせて喘いでいる。

ある年の春、冬の間はいちども訪れなかった仕事場を開けにきて、食堂のカポネの写真に涎を流した跡があるのを、妻の菊枝が見つけた。けれども、写真が涎を流したりするはずがない。長いこと閉め切っていたのだから、多分湿気の悪戯にちがいない。そう思って、その写真を額ごと外して明るいベランダに出してみると、なるほど大きく裂けている口の一方の端から、涎の跡だといわれればそうとも思えるようなものが一筋垂れている。

ガラスの上から拭いても取れない。その汚れは、なかの写真そのものについているのだ。けれども、写真を取り出して拭いても、やはり消えない。

「秋からいちどもきてやらなかったから、カポネはやっぱりお腹を空かしていたんだわ、かわいそうに。」

妻はそういうと、高原鉄道の駅前の店から買ってきたばかりの食パンを一枚手にして、急ぎ足で裏の林の方へ出ていった。

そのとき、二人は十日ほど滞在したが、その間に、ふと気がつくと、いつしか写真の汚れは跡形もなく消えてなくなっていた。

その後、おなじようなことは二度と起こらない。七重はカポネが大人になったからだと思っているらしいが……あの涎の跡のようなものは一体なんだったんだろうと、馬淵はいまでも不思議に思っている。

三

その日の夕食は、七重が車で高原鉄道の駅のある町まで降りて買い集めてきた材料で拵えたカレーライスであった。こんな人里離れた山麓で独り暮らしをしていると、材料をじっくりと煮込んだ本格物にありつく機会は、まずないといっていい。馬淵が、台所から漂ってくる香ばしいカレーのにおいに小鼻をうごめかしながら、暖炉を焚きつけていると、七重が小皿にルーをすこし持ってきた。

「味見をして。お父さんはもうすこし辛い方がよかったかしら。」

ルーの辛さは、ちょうどよかった。

「じゃ、これで進めます。お母さんが作るのとおなじくらいこく、があるでしょう?」

七重は得意げにそういって、台所へ戻っていった。彼は、暖炉へ薪を継ぎ足した。日が暮れかけるころから霧が出て、大気が冷え込みはじめていた。二人が食卓に就くころには、ベランダの向こうに見えるはずの丸太の門が霧に呑まれてしまっていた。

彼は、自分で冷蔵庫から取り出してきたビールの栓を抜こうとして、グラスを一つしか用意してなかったことに気がついた。

「やるか?」

と彼は七重の顔を見た。

七重は笑って首をすくめた。

「じゃ、一杯だけ。」

「グラスを持っておいで。」

彼は、女の子も二十歳《はたち》を過ぎたら、酒の味や酔い心地とはどんなものか一応知っておいた方がいいと思い、娘たちをそのように育ててきた。自宅でも、夕食のとき葡萄酒の合いそうな皿が出たりすると、グラスを持ってこさせて自分から罎を傾けてやることがある。

彼は、七重のグラスにビールをなみなみと注いでやった。七重は、つまみ用のチーズを持ってきて、包みの銀紙を剝いてくれた。

「お父さんは、ここではもっぱらビール？」

七重が上唇に泡をつけたまましいった。

「まあ、そうだな。ここにいると、風が乾いているせいか喉が渇くんだよ。それに、あまり強い酒を飲む気がしなくなる。」

彼は喉を鳴らしてビールを飲んだ。

「どうしてかしら。強いお酒が欲しくなくなるのは、気圧のせいかしら。」

「ここは山麓といってもかなりな高地だからな、そうかもしれない。それに、ストレスのせいもあるだろう。ここで暮らしてると、東京にいるよりずっとストレスがすくなくて済むからさ。」

「じゃ、お父さんは東京にいると、ストレス解消のためにお酒飲んでるわけ？」

と七重がいった。

「全部ストレスのためではないがね。まあ、そういってもいいだろうな。」

「じゃ、お酒はお父さんには必需品ね。」

「そういうことだ。」

「胃の具合は悪くない？」

「胃？　勿論、悪くないさ。」

「でも、お父さんは胃が破れて血を吐いたんでしょう？」

「破れたって、べつに穴があいたわけじゃないからね。出血した傷口はもうすっかり塞がってて、胃カメラで覗いて見ると、白い引き攣りだけになってる。これは瘢痕《はんこん》といって、胃潰瘍が完治した証拠なんだ。」

「再発のおそれはないのかしら。」

「胃潰瘍は再発するって、よくいうけど、お父さんは大丈夫さ。」

「毎晩お酒飲んでても？」

「その代わり、煙草はやめたから。胃潰瘍には煙草とストレスが一番よくないんだ。まあ、酒もあまり飲まないに越したことはないだろうけど。」

彼は、罎に残っていたビールを七重のグラスに注いでやった。

「そろそろ、ごはんにしましょうか。それとも、もう一本抜く？」

「いや、僕はこれでやめておく。」と彼は笑っていった。「今夜の僕には、ビールよりもおまえのカレーのにおいの方が誘惑的だよ。」

七重は自分のビールを飲み干すと、泡に汚れた二つのグラスを持って台所へ立っていった。

四

いつの間に腕を磨いたのか、七重の拵えたカレーの味はなかなかのものであった。馬淵家では、菊枝のカレーライスとハンバーグステーキは、街の専門店よりも旨いということになっているが、その菊枝のカレーと比べても遜色がないように思われる。彼は、ひさしぶりに腹がくちくなるほど食べた。

「また胃が破けても知りませんよ。」

七重は気をよくしているらしく、デザートのグレープフルーツを剝きながら母親とそっくりの口調でいった。

「そういう心配は御無用だ。」と彼はいった。「僕の胃潰瘍は暴飲暴食のむくいじゃなかったから。」

「ストレスが溜まりすぎたから?」

「多分そうだったろう。」

「そのストレスを解消するにはお酒を飲むしかないなんて、なんだか悲しいな。」と七重は果汁で濡れた手をタオルで拭きながらいった。「ほかに、なにか健全な方法はないのかしら。」

「……旅行がある。」

「お父さんは時間に束縛されないから、その気になればいつでも旅行に出られるでしょうけど。」

「でも、なかなか思うようにはいかないもんだよ。」

霧のなかの遠くから、おそらく鹿だと思われるものが鳴き交わす細くて澄んだ声がきこえてきた。二人は、食卓の椅子を暖炉の前に並べて、ガラスの器に取り分けたグレープフルーツに蜂蜜を垂らして食べた。

こんなとき、彼は、子供は三人とも女の子だから、つい、この先もこの子と二人で、あるいはこの子らと一緒に、こうして霧の山麓で鹿の鳴き声を聞きながら暖炉の前で過ごす夜があるだろうか、と年甲斐もなく感傷的な想いに囚われてしまう。

そのときも、暖炉の炎の色が濃く淡く揺れる末娘の顔へ時々目をやりながら、頭の隅でそんなことをぼんやり考えていた彼は、七重が唐突に口にした言葉の最初の部分を聞き洩らした。

「……なにをする気がないかって？」

と彼は訊き返した。

「カポネみたいな犬のこと。」

と七重がいった。

「……それがどうしたんだ。」

「お父さんは懐かしくない？」

「カポネが？　それは懐かしいさ。」

「だから……カポネみたいな犬をもういちど飼う気がありませんかって、訊いたの。」

やっぱり、と彼は思った。いつか、子供たちの誰かが、そんなことをいい出しそうな気がしていたのだ。もしかしたら、七重は朝からそのことをいい出す機会をねらっていたのかもしれない。

「飼いたいとは思うよ。」

と彼はいった。

七重が両手でジーンズの腿を強く叩いた。

「飼いましょうよ。ストレス解消には、お酒なんかより生きものを飼うことよ。生きものが、どんなに人の気持を和やかにするか知れないわ。」

「ちょっと待てよ。おまえは気が早いからな。」と彼は笑って脚を組み替えた。「確かにおまえのいう通り、生きものを飼ってると、家族の気持は和むし、家のなかの風通しもよくなるよ。でも、家に、家族のほかに生きものが一匹増えるって、大変なことなんだぞ。」

「わかってるわ。」と七重はいった。「だから、あたしもできるだけお手伝いするつもりだけど。」

「おまえはさっきカポネみたいな犬っていったな。それは、正確にいえばどういう犬のことなんだ？　カポネみたいな頼もしい番犬という意味？　それとも、カポネとおなじブルドッグという意味？」

七重の顔が綻んだ。

「勿論、ブルドッグって意味。」

「また、ブルドッグが飼いたいわけね？」

七重はうなずいた。

「ブルドッグ以外の犬は厭なのか。」

「厭っていうんじゃないけど、飼うなら、やっぱりブルドッグがいいわ。」

これは七重だけの好みではなく、先に嫁いだ長女の珠子も、独立して独り住まいをしている次女の志穂もおなじで、飼うならブルドッグに限るといっていた。娘たちは、カポネが（ということはブルドッグという犬種が）すっかり気に入って、飼犬としてはブルドッグ以外は考えられなくなっている。

それには彼も同感である。

「わかった。」と彼はいった。「おまえの気持はよくわかったよ。だけど、あのカポネを飼ってたころと、いまとでは、家のなかの様子が大分変わっている。そのことを考えてみたか？」

七重は曖昧にうなずいた。

「家族がすくなくなったし……。」

「そうだよ。カポネを飼ってたころは五人いた家族が、いまは三人だけだ。しかも、そのうちの二人はあのころより齢をとって、体力が落ちているし、足腰も弱っている。おまえだって大学があるし、毎日くたびれて帰ってくるじゃないか。」

「誰が散歩させるかよね。」

「その通りだよ。以前のように、みんなが交替でというわけにはいかない。それに相手は、最初は仔犬でも、なみの仔犬じゃないんだから。ブルドッグの引っ張る力の強さは、おまえも身に沁みて知ってるだろう。ブルドッグの力を制御できる体力の持主は、いま家には一人もいないよ。だからといって、散歩をずるけるわけにはいかない。家のなかで飼う所謂ペット犬ならいざ知らず、どうしてもブルドッグをということになると、思うように世話ができないから相手があまりにもかわいそうだよ。そうは思わないか？」

七重は、いまは口を噤んだまま暖炉の火を見詰めているきりであった。

五

馬淵は、家中の戸締まりをし、窓やガラス戸のカーテンを閉めて回った。濃い霧が軒端にもうもうと渦を巻いていた。

暖炉のそばへ戻ると、七重は椅子へ寝そべるように腰を下ろして両脚を長く伸ばしていた。

「ごめんなさい、なにもお手伝いしないで。」

「いいよ、これは僕の仕事だから。お母さんと一緒でも、戸締まりは僕だけがする。」

七重はなにもしなかったのではなく、食卓の上はきちんと片付いていて、食べ終わったデザートの器もあたりに見当たらなかった。

「どうだい、さっきの話、納得できた？」

彼は、自分の椅子に掛けながら七重の顔を見た。

「どうやらカポネは幻のまま終わりそうだけど、まだ絶望だという気がしないの。」

と七重はいった。

「ほう。なにかいい考えが浮かんだかい。」

「お父さんとお母さんに、もうすこし元気を出してもらいたいの。」

それは予想外の要望で、彼は返す言葉を見失った。

「あたしにはね、お父さんもお母さんも、カポネの散歩に付き合えないほど衰えているようには思えないのよ。」と七重はつづけた。「お父さんたちが、自分でそう思い込んでるだけだと思うの。あたしたちに隠しておきたいような質《たち》の悪い病気がなければの話だけど。」

「そんな病気なんか、ありゃしないよ。」

「だったら、もうすこし元気を出して欲しいわ。飼犬の散歩は、飼主の散歩でもあるわけでしょう？　犬と一緒に歩いて、足腰を鍛えたら？　あたし、お父さんもお母さんも、もっともっと歩く必要があると思うの。健康のためにも、ストレス解消のためにも。あたしにだって対人関係のストレスがあるから、講義が終わったら急いで帰ってきて、犬の散歩のお相手をするわ。だから、お願い。もういちど前向きに考えてみてくださらない？」

そのことは承知しないわけにはいかなかった。

「でも、これは僕ひとりの問題じゃないから、お母さんにも話して意見を訊いてみるよ。」

「勿論よ。お父さんがそうしてくれるなら、あたしは何事もなかったような顔をしてるからね。じゃ、あたしは明日、朝ごはんを食べたら東京へ帰りますから。」

「御苦労だったね。」

七重は、両手をひろげて大きな欠伸《あくび》をした。

六

トランクが空になった車をいかにも軽そうに弾ませて、七重が山麓を引き揚げていった翌々日、まず昼前に宅配便で食品らしいずっしりとした段ボール箱の荷物が届き、午後に高原鉄道の駅前からタクシーで妻の菊枝がやってきた。

「七重がカレーを作ったんですって？」

先に届いた荷物を開けてなかのものを冷蔵庫へ移しながら、妻がいった。

「そこに、薄いピンクのタッパーが入っているだろう。七重が、お母さんに味見をして貰うといって、それに残ったカレーを詰めてたよ。」

食卓で、妻が持ってきてくれた郵便物を点検していた馬淵が、顔を上げていった。

「薄いピンク色のタッパー……ああ、あったわ。」

妻は、見つけた容器の蓋を取って、顔を寄せた。

「いい匂いがしてるわ。」

「味もなかなかのもんだったよ。」

「お父さんが、また胃袋が破けやしないかって心配しながらたくさん食べてくれたって、得意そうに話してたわ。」

妻は、指先でちょっとカレーの味見をしてから、なるほどというふうにうなずきながら冷蔵庫を閉めた。

「七重の土産話は、カレーのことばかりだったか？」

と彼は訊いた。

「ええ。ほかに、なにか話題になりそうなことありました？」

「一つ、七重に強く勧められたよ。いまとなっては、我々には難題に属するようなことだがね。」

彼はそういって、もういちどブルドッグを飼おうという七重の提案を話した。すると、

「ああ、そのことなら、ゆうべ七重から聞いたわ。」

と妻はいった。

妻へは彼から話す約束だったのだが、気の早い七重は待ち切れなかったものとみえる。

「ゆっくり話し合ったろうね。」

「ええ、晩ごはんのあと遅くまで。」

「で、どういう結論になった？」

「残念だけど無理だろうってことになったの、いまの私たちには。飼いたいのはやまやまだけど、現実的にはどう考えても無理。」

妻は、無理だと思われる理由をいくつか挙げたが、それらはあのカレーの晩に、彼が自分

だけの意見として七重に話したものと同じであった。

「いまは、カポネを飼ってたころとはなにかと事情がちがってるからね。」

と彼はいった。

どこの家庭も歳月の流れに洗われている。馬淵家とて例外ではない。好きなことは大概たやすく実現できた我が家の黄金期も、いつの間にか遠く流れ去ってしまったわけだと彼は思ったが、それは口にはせずに、

「あの子は素直に納得したかな。」

と独り言のように呟いた。

「ええ。案外あっさり。やっぱり幻だったか、とかいって、笑ってたわ。」

と妻がいった。

彼は、口を噤んで板壁のカポネに目を挙げた。

第八章　友

一

梅雨明けも間近になったある晩遅く、馬淵が出先から帰宅すると、

「舟木さんからお電話がありましたよ。」

と妻の菊枝がいった。

舟木というのは、北の郷里で開業している幼馴染みの眼科医で、彼からの電話なら珍しくはない。それきり妻が黙っているので、いつものように大した用ではなかったのだろうと思っていると、茶の間へ入ってから、

「忘れるといけないから、書き取っておいたの。」

と妻はいって電話のそばからメモ帳を取ってきた。

見ると、いきなり、小池与志夫氏死去、とあり、その横に、告別式の日時と小池の自宅だと思われる所番地が控えてあった。それによると、小池は馬淵家の家族が車で何度も通った

ことのある山梨県の小都市に住んでいたらしい。告別式は数日後に迫っていた。

「舟木さんは、ちょうど学会があってこれから上京する、告別式の当日、座席が取れた電車で新宿を発つからむこうで会いましょう、そう伝えてくれるようにということだったけど。」

と妻はつけ加えた。

馬淵は、しばらくメモ帳に目を瞠っているうちに、思わず溜め息と一緒に、小池が死んだか、という呟きを洩らした。

「小池さん、というと、田舎の方のお知り合い？」

「郷里の幼友達だよ。」と、妻へメモ帳を返しながら馬淵はいった。「子供のころから、いつも舟木と三人で遊んだ仲だ。高校では、三人ともアイスホッケーの選手でね、息の合ったチームメートだった。あのころの小池は、どんな病気も付け入る隙のないような、実に頑健なからだをしていたがな。」

「でも、やっぱり病気になったのね？」

「そうらしい。大学を出て、しばくしてから。」

らしい、というのは、そのころから小池との仲がなぜともなく疎遠になりはじめたからである。小池はほとんど帰省しなかったとみえて、郷里にいる舟木も小池の消息はなにも知らなかった。

その後、風の便りに、どうやら小池は腎臓を悪くして人工透析を受けているようだと聞いたが、それきりで、彼が、どこで、どんな暮らしをしているやら、昔の仲間に会ったついでに尋ねてみても、誰も首をかしげるばかりであった。けれども、皮肉なことに、いま彼の死がその消息をもたらしたのであった。

「すると、舟木は誰から聞いたんだろう。」

「亡くなった方の実家から知らせがあったんですって。だけど、こんな季節にきちんと礼服を着て遠出をするのは大変ね。」

二人が黙ると、近くの水路から長雨を集めた水音がきこえた。

二

告別式の朝、馬淵は、中央線の時刻表を調べて乗る電車の見当をつけてから、始発駅の新宿へ出かけていった。ホームには、予想以上の乗客がいたが、小池が住んでいた小都市はそう遠くもなかったから、馬淵はたとえ空席が見つからなくてもそのまま決めた電車に乗っていくつもりだった。

何日も降りつづいた雨があがって、時々薄日の洩れる空模様だったが、むし暑く、汗っかきの馬淵は喪服の上着を脱いでネクタイを弛めた。ホームをぶらぶら歩いてみたが、舟木の姿も、見憶えのある旧友の顔も見当たらなかった。

さいわい、馬淵は坐って目的地までの二時間ばかりを過ごすことができた。駅からはタクシーに乗って、運転手に所番地を書き写してきた紙片を渡した。すると、この家にならば昨日から二度も弔問客を運んだと運転手はいった。

「亡くなった方は大学の先生だったそうで。」

馬淵には意外だったが、この際、驚いたりするのも妙だから、そんなこともやっていたのかなといって、ちょっと笑った。

「今朝のお客は教え子の女子学生で、葬式の手伝いだとかいってましたよ。」

「午後から自宅で告別式なんだ。」

「そうだってね。」

小池に教授は似合わないが、大学の先生といっても、助教授もいれば講師もいる。アイスホッケーの選手だった小池は、体育関係の講師にでも名を列ねていたのだろうか、と馬淵は思った。

小池の家は、街はずれの新しい住宅地の奥にあった。馬淵は、脇道の入口でタクシーから降りると、ひさしぶりの明るい日射しのなかを道端に張ってあるテントの方へ歩いていった。建売ながら、見映えのする和風の住まいであった。敷地は石塀に囲まれていて、前庭には濃い植え込みがあった。テントのなかで記帳を済ませてから、舟木のことを尋ねると、先に着いているという返事であった。馬淵は案内されて門を入った。前庭には、ちらほら参列者らしい人影が見えていた。

祭壇は、庭の方からも拝めるようにガラス戸を開け放った玄関脇の和室にしつらえられていて、中央に遺影と骨が飾ってあった。少年時代の面影が色濃く残っている遺影を見上げて合掌していると、なんの屈託もなさそうな若々しい笑い声が耳の奥によみがえった。

馬淵は、いまは未亡人となった小池夫人には前にいちど会ったことがあった。大学を出たばかりで、まだ職も仕事もなく、郷里で無為徒食の暮らしをしていたころ、小池が新妻を連れてひょっこり帰郷して、一夕、すでに家庭を持っていた舟木のところでささやかな祝宴を催したときである。それきり、夫人とはいちども顔を合わせる機会がなかったから、ざっと三十五年ぶりの再会であった。馬淵には相手がすぐわかったが、未亡人には彼が名乗るまでわからなかった。

舟木は、別の広い座敷でぽつんと独り窓の外を眺めていた。二人は軽く手を握り合い、馬淵は先夜の電話の礼をいった。

「忙しいだろうと思ったけど、昔の仲間とのお別れだからな。」

と舟木はいった。

「小池に会えるかもしれないと思ってたけど、もうお骨になってるね。」

「この季節だからな。それに、この土地には昔からの強力な隣組のようなものがあって、近所になにかあると、みんなで相談をしてさっさと事を運ぶんだって。」

小池は長いこと腎臓を病んでいたというが、直接の死因は急性心不全だったらしい、と舟木はいった。

「ここへくるタクシーで聞いたんだけど、小池は大学で教えていたんだって？」

「そうだってね。」

「知ってたかい。」

「勿論、知らなかった。さっき彼の娘さんから聞いたばかりだよ。五年ほど前から、この近くにある大学で教えていたそうだ。商学部の教授だったって。」

未亡人がお茶を運んできたので、二人は口を噤んだ。

三

馬淵と舟木は、しばらくの間、未亡人の語る小池の在りし日の思い出話に耳を傾けた。

小池とは長らく疎遠になっていた二人にとっては、初めて知ることばかりであった。

「……結局、主人の望み通りになりました。」と未亡人は、外した指輪の跡が痛むかのように正坐の上に重ねた両手の指をさすりながらいった。「日頃、なるべくならあまり苦しまずに人生の終わりを迎えたいものだと申しておりましたから。」

「狭心症だったそうですね。」

舟木が口をはさんだ。

「はい。」

「それではあまり苦しまずに?」

「ええ、ほとんど。あっという間でしたから。すぐそばにいて、気がつかなかったくらいです。」

――その朝、台所で食事の支度をしていると、夫が寝所にしている和室から、おい、お母さん、と呼ぶ声がきこえた。ガスを止め、エプロンで手を拭きながらいってみると、夫は布団の上に起き上がっていて、

『背中が痒いんだ。ちょっときて掻いてくれよ』

といった。

『起きていたんですか。まだ眠ってるのかと思って、音を立てないようにしていたのに。』

そういいながら夫の背後に回って両膝を落し、パジャマの襟首から手を差し入れた。夫の背中はすこし汗ばんでいた。

『このあたりですか?』

軽く爪を立てて肩甲骨のあたりを掻くと、

『ああ、そこでいい……いい気持だ』

夫は、上体の力を抜いて、寄り掛かってきた。ふざけているのかと思ったら、そうではなかった。

『重たいわ。ちゃんとして』

と肩を揺さぶると、夫の首が前に折れて、頭も一緒にがくんと傾いた。

もういちど揺さぶると、頭も垂れたままぐらぐら揺れた。

「……そのときは、もう、主人の息は止まってたんです。」

と未亡人はいった。

「それっきりですか。」

「はい。すぐに救急車を呼んだんですが。」

「よほど弱ってたんですね。」

「多分、からだの芯は。なにしろ、人工透析をはじめてから、かれこれ十五年にもなりますから。でも、前の日までは、そんなに弱ってる様子は見えなかったんです。あの朝だって、随分大きな声で私を呼んだりして……。ちょっとお待ちを。お見せしたいものがあるんです。」

未亡人は、急ぎ足で座敷を出ていったが、程なくなにやら紙函ふうの軽そうなものを二つ、手にして戻ってきた。馬淵は、ふと目を上げて、それが未亡人の手を離れる前に、おや、と目を瞠った。自分の著書の函によく似ているように見えたからである。

「これは、馬淵さんには一目でおわかりでしょうが……。」

と、未亡人は目で馬淵に笑いかけながら、手にしてきたものを二人の前に置いた。

思った通り、自分の著書の函に間違いなかった。一つは北の郷里の築港の歴史を背景にして浜の女たちの生涯を描いた物語の、もう一つは割に新しい随筆集の函である。けれども、どちらにも中身はなかった。

「ごめんなさい、函だけで。」と未亡人は二人の訝る目に気がついたように早口でいった。「なかの本はお棺に入れてやったもんですから。」

なるほど、というふうに舟木はうなずきながら馬淵の顔をちらと見た。

「小池君はやっぱり旧友の本を愛読してたんですね。」

「多分……」と未亡人は自信なげに呟いて、馬淵にちょっと会釈した。「そうだと思いますけど。私は気がつきませんでしたが。なにしろ仕事の虫で、大学の講義に必要な本以外のものを読んでいるのは見たことがなかったのです。でも、馬淵さんの御本は時々読み返していたようです。亡くなってから書斎に入ってみますと、机の上が珍しくきれいに片付いていて、この御本だけがきちんと重ねて置いてありましたから。」

ほう、と舟木がいって、手にしていた物語の方の函に目を落した。

「君が贈った本？」

そう訊かれて、馬淵は首をかしげた。記憶がなかった。

「……もう随分前のことだからね。なかに、なにか書いてありました？」

「ございました。そちらの方には。」と未亡人はいって、舟木の掌の上の函を指差した。「主人の名前と、御署名と。黒インクを使ったペン先の太い万年筆文字でした。」

それなら確かに自分が贈ったものだ、と馬淵は思った。その本が出版されたころは、すでに小池とは疎遠になりはじめていたが、なにか消息を求める気持で贈ってみたのだったろうか。けれども、その本についてはなにも憶えていない。小池からはなんの挨拶もなかったはずで、彼とはそれきりになったのではなかったかと思う。

「もし、亡くなる前の晩にでもその御本を読み返したのであれば」と未亡人はいった。「主人の最後の読書ということになるわけです。ちょうど同郷のお友達の御本ですから、寂しくないように、お棺に入れてあげたのです。」

随筆集の方は小池が自分で買ってきたものらしいが、ついでにこちらも入れたと未亡人はいった。

「函だけ残されたのは、どういうおつもりで？」

と舟木が尋ねた。

「べつに……ただ本棚からこの二冊がなくなったあとが歯が抜けたようですから、当分函だけでも埋めておこうと思いまして。」

　と未亡人はいった。

四

　その日の佛事を残らず済ませ、ひさしぶりに再会した故人の兄弟姉妹と郷里での思い出話に耽ったりなどして、馬淵と舟木が辞去したときはいつしか夕刻に近くなっていた。引き物のたぐいは、すべてそれぞれの自宅へ宅送してくれるということで、二人はくるときと同様、折り畳みの傘だけを入れた小型の紙袋を手に提げていた。呼んでもらったタクシーに乗り込むとき、舟木はちょっと足をもつれさせ、馬淵も急に疲れをおぼえてシートに深くもたれた。二人とも、繰り上げた初七日の酒にすこし酔っていた。

「しまった、水を一杯もらって飲んでくるんだった。」と舟木がいった。「喉がからからだよ。田舎の人たちと話してると、ついお喋りになる。」

「随分喋ったな。」

　と馬淵は笑っていった。

「これも小池の供養だと思ったからね。だけど、ああいう話はくたびれるよ。」

「昔へさかのぼったり、すぐまた現在に立ち戻ったり、それの繰り返しだから。」

駅ですね、と運転手に行先の念を押されて、馬淵は舟木の顔を見た。先刻、小池家の玄関で僧侶たちが帰るのを見送ったとき、帰りの電車に乗る前にどこかで飲み直そうか、と舟木が囁いたのを思い出したからである。

「やっぱり、ちょっと飲もうよ。」と舟木は声を低めていった。「どうも法事の酒は落ち着かない。」

馬淵も同感であった。酔いを殺しながら飲むせいか、法事の酒が胸にしっくり沁みたためしがない。

「駅の近くに、ゆっくり飲める店があったら、そこへ連れてってよ。」

と舟木が運転手に頼み、

「和風の店がいいな。旨い鮨屋があるとありがたいんだが。」

と馬淵がいい足した。

舟木が、くすっと笑った。

「おいおい、ここは東京じゃないんだぜ。」と彼はいった。「海の遠い山国だよ。旨い鮨屋なんて、あるわけないじゃないか。」

「と思うだろう。でも、それは昔の話でね。いまは輸送ルートがしっかりしているから、太平洋ばかりではなく日本海の魚もどんどん入ってきて、海の幸は思いのほか豊富なんだよ。」

と馬淵はいった。

「そうか。くわしいんだね。」

「こっちに仕事場があるもの。一年の半分はそんな魚を食べて暮らしているんだよ。」

実際、運転手が教えてくれたのは、駅前広場から飲食店街の小路をすこし入ったところにある老舗らしいどっしりとした造作の店で、カウンターの前のガラスケースには見るからに生きのよさそうな鮨種の魚介類がぎっしりと並んでいた。店は暖簾を出したばかりらしく、客はまだ誰もいなかった。

「へえー、これが山国の鮨屋ねえ。」

と、あたりに目を瞠って舟木がいった。

二人はカウンターの椅子に並んで、互いの労をねぎらう乾杯をした。

「これからは、こんなふうにして会う機会が増えるんだろうな。」

と舟木が目をしばたたきながらいった。

「いまはまだすこし早すぎるだろうけど、いずれはね。」

と馬淵がいうと、舟木はゆっくりとかぶりを振って、

「いや、早すぎないよ、きっと。あの小池ももういないんだからね。」

といった。

「それにしても、意外に脆かったたな、やつは。」

先刻、末亡人が話してくれた小池の最期の様子を思い出しながら、馬淵はいった。舟木が無言でうなずいた。

「あの男が、こんなふうにして呆気なくこの世から消えてしまうなんてね。」

「なにかにつけて、しぶとい男だったからね。」と舟木はいった。「人って、わからないもんだな。」

「あの晩、家に帰って、きみからの知らせを聞いたとき、すぐには信じられなくてね。家の者が亡くなった相手の名前を聞き違えたのかと思った。」

「おれは訛《なまり》がひどいからな。」と舟木はいって、艶々とした顔に少年のようなはにかみ笑いを浮かべたが、ふっとまた真顔に戻って、「訛といえば、小池がきみの本を読んでたのは訛のせいじゃなかったのかな。」

「……訛のせい、というと?」

「あの物語の舞台は、おれたちの郷里の港とその周辺だろう。出てくる人物も、ほとんどが訛のきつい田舎言葉を話す人たちばかりだ。評価とか好みとかは別にして、おれたちには大いに郷愁をそそる物語だよ。それは、小池は幼友達の一人として、きみの仕事をひそかに応援していたろうし、おそらく好きでもあったろう。でも、彼が最も心惹かれていたのは、きみの物語に出てくる人物たちの話す田舎言葉ではなかったろうか、という気がおれにはするんだよ。あの訛のきつい田舎言葉ね。」

「あれに限らず、僕のものには大概そんな人物が出てくるがね。」

と馬淵は苦笑いしながらいった。

「そうだけど、あれはとりわけ郷里の色や匂いが濃いじゃないか。ひさしく郷里を離れて暮らしていた小池には、時として募る郷愁のやり場に困ることがあったと思う。そんなとき、きみのあの本を取り出して気持を癒してたんだと思うな、おれは。」

と舟木がいい、馬淵はなるほどとうなずいた。

「そんなふうに考えれば、書斎の机の上に僕の本が置いてあったということも納得できるな。」

「だって、そう考えるほかないもの。まさか彼が自分の死を予知していたわけでもあるまいし。」

馬淵は黙ってうなずきながら、なぜ小池は生きているうちに連絡してくれなかったのだろう、居所を知らせてくれればほかの本も贈ってやったのに、と思った。けれども、それを口にする前に舟木が別のことを話しはじめ、馬淵はそれきり小池のことを忘れて新しい話題に引き込まれた。

五

二人は、店の主人に頼んでおいた時刻をささやかれ、勘定は若いころを思い出して割り勘にして、鮨屋を出た。外はもうとっぷりと暮れていて、霧雨が降りはじめていた。このあたりは、山が近いせいか、天気が変わり易い。

駅ビルまで、歩いてもさほどの距離ではなく、雨も濡れるほどではなかったので、二人は傘をささずに駅前広場の縁をめぐっていった。二人の北の郷里では、雨でも雪でも、よほどの降りでなければ傘などささない。二人はどちらも子供のころにかえったような気分になっていた。

「ちゃんと傘を持ってきてるのにね。」と、舟木がおかしそうに笑って、手に提げている紙袋をちょっと揺さぶった。「走るかい？」

「いや、僕はこのまま歩くよ。」と馬淵はいった。「いまさら走ったって、おなじだろう。」

舟木も走らなかった。

「走るかといったけど、いまや言葉とか気持の上だけだな、走るなんて。」と、舟木がいった。「きみは走ったりするかい、近頃。」

「いや、めったに走らない。」と馬淵は答え、すぐに、「めったにというより、ほとんど走らないな。」といい直した。

もう随分前から走ったという記憶はない。最後に走ったのがいつだったかも憶えていない。

「おれも全く走らなくなった。昔は、冬の間、日が暮れてパックが見えなくなるまで走り回ったものだが……。尤も、氷の上をスケートでだったけど。」

舟木がそういうので、彼もまたお互いにアイスホッケーの選手だった少年時代を思い浮かべていたことがわかった。

「そういえば、小池の耳が片方傷《いた》んでたな。」

馬淵は思い出していった。

「そうだった。左耳の縁と、耳たぶがなかった。」

馬淵にはどちらの耳だったかわからなくなっていたが、舟木は憶えていた。小池の耳は、凍傷になり、春の暖気で融けて欠け落ちたのであった。

「あの耳は、高校時代までは勲章だったけど、その後は悩みの種だったらしいな。あいつは、よくぼやいてたよ、おれが女にもてないのはこの耳のせいだって。」

馬淵は笑ってそういったが、舟木はきこえなかったように黙って、薄くなった髪をハンカチで撫で上げていた。

さいわい、きめていた列車は空いていて、並んだ座席を取ることができた。二人は、霧雨に湿っぽくなった上着を脱ぎ、弛めていた黒ネクタイをすっかり外して、寛いだ。舟木はホームの売店から缶ビールを買ってきた。

「……小池のことなんだけどね」と馬淵は、列車が動きはじめてしばらくしてから隣の舟木へ話しかけた。さっき鮨屋で喉元まで出かかった言葉を、缶ビールの酔いが呼び戻したようだった。「ある時期から、僕らは急に疎遠になったろう。自然にそうなったんじゃなくて、小池が意識的に我々から離れていった……僕はそう思ってるんだけど。」

「そういうことだろうな。おれもそう思う。」

と舟木がいった。

「なぜなんだ?」

舟木は、ちょっとの間、言おうか言うまいかと迷っているようだったが、やがてビールを一口飲んでから、

「気がつかなかったかい?」

といった。

馬淵には、なんのことか見当もつかなくて、ちいさくかぶりを振りながら舟木の横顔を見詰めていた。

「おれの妹とのことだよ。」

と、しばらくしてから舟木は重そうな口をひらいた。

舟木に二つ下の妹がいることは知っている。尋ねるまでもなく、その妹と小池との間になにか面白くないことがあったのだろう。

「なにも気がつかなかった。」

とだけ、馬淵はいった。

「そうだろうな。兄のおれでさえ破綻するまで気がつかなかったんだから。小池は、あんな耳をしていても、なかなかやり手だったんだよ。」

破綻という言葉から、容易に愛情問題が想像された。けれども、馬淵は深く尋ねる気にはなれなかった。

「きみたちの間にどんな悶着があったのか知らないけれども」と彼はいった。「小池はなにも僕まで避けることはなかったろうにな。」

「おれたちにも悶着なんかなかったさ。」と舟木はいった。「こういうことは口にしにくいものでね。それに、改まって話し合うほど深刻なことでもなかったし。でも、なんとなく気まずくなったのは事実だな。小池がきみを避けるようになったのも、当然おれから妹との経緯を聞き知っていると思ったからだろう。要するに、ばつが悪かったんだよ。」

「あいつにそんな気の弱いところがあったかね。」

「あったよ、柄にもなく。つまらないことをいつまでもくよくよ気に病むところがな。」

「僕が田舎でくすぶってたころ、あいつが新婚の奥さんを連れてひょっこり帰ってきたことがあったね。あのとき、きみの発案で小池夫婦のための祝宴をしたけど、小池とのわだかまりはもう解消してたのかい？」

「こっちはそのつもりだったけど、むこうはまだこだわってたらしいな。親しすぎる仲ってやつは、いちどこじれると、容易によりが戻らないもんだよ。結局、小池とはあれっきりになっちまった。」

馬淵は、短い沈黙のあとで舟木に妹さんの近況を尋ねた。若くして製紙会社の社員に嫁いだ彼女は、いまは北海道で四人の子持ちになっているということであった。

「正直いうとね」と、舟木が顔を寄せてきていった。「小池の家にいるうち、未亡人と妹が重なって見えて仕方がなかったよ。もしかしたら二人は入れ替わってたかもしれないからね。」

窓の外には、おびただしい数の燈火が霧雨にうるんでひろがっていた。馬淵は、学生のころ、休暇のたびに舟木と小池と三人で眠られぬ夜汽車の窓から眺めた夜景を思い出した。けれども、いまはもう小池はいない。

しばらくすると、隣の舟木が軽い鼾をかきはじめた。

第九章　旅

一

　マンションで独り暮らしをはじめた次女の志穂は、根が寂しがり屋だからいずれ旗を巻いて舞い戻ってくるだろうという馬淵の予想に反して、いっこうに浮き足立つ気配がなかった。その代わり、週末には一晩泊まりで川べりの家に帰ってきた。日曜日の晩も泊まって、月曜日に直接画廊へ出勤することもあった。

　川べりの馬淵家では、志穂を「お帰んなさい。」と迎える。うっかり「いらっしゃい。」などといおうものなら、志穂は忽ち気を悪くして、

「いらっしゃい、なんて、他人扱いしないでよ。あたしはまだこの家の家族なんだから。ただいま、って帰ってくるんだから、お帰りっていってよ。」

　と抗議する。

　八月に入って初めての週末の午後、馬淵が二階の自分の部屋にいると、入口の戸が細目に開いて、「ただいま。」と志穂の声がした。

「いいかしら。」

「ああ、構わないよ。」

一週間ぶりの次女の匂いが、机に向かっている馬淵に流れてきた。長女の珠子もそうだが、志穂もこの家に戻ってくると、まず馬淵の部屋へやってくる。背の低い本棚のはずれに飾ってある祖父母の写真に挨拶をしにくるのである。

「水ヨウカン、買ってきたの。」

「それはどうも。」と馬淵は肩越しに振り向いていった。「お祖父ちゃんの好物だった。」

「お母さんにそう聞いてたから。」

線香の匂いが漂ってきた。

「……話していい？」

いいよ、と馬淵は答えて眼鏡を外した。

「これは、お祖父ちゃんがいくつのときの写真なのかしら。」

「亡くなる前の年……いや、その前の年だ。六十八で亡くなったから、六十六か。」

まじまじと写真を見詰めているらしい間《ま》があった。

「六十六になると、こういう顔になるのね」

「そうさ。」と、馬淵はちょっと笑っていった。「随分お爺さんだろう。」

「田舎の人だからね。でも、優しそう。」

馬淵の子供たちは、誰も健在だったころの祖父を知らない。長女の珠子は祖父が世を去った翌年に生まれ、それから四年後に志穂が生まれたのだ。

「もうすこし元気でいればよかったのにね。」

と志穂はいったが、馬淵はただ、うん、と答えるほかはなかった。

父の姉に当たる長寿の伯母が、詰《なじ》るような口調で父の死が早すぎたことを悔んだのが思い出された。

「この写真は、どうしてこんなにちいさいのかしら、お祖母ちゃんのに比べて。」

と志穂がいった。

祖母の遺影は四百字詰の原稿用紙を縦にしたぐらいもあるのに、祖父のは貧弱な手札判で、祖母の額のガラスにより掛けてあるにすぎないのだ。

「それはね」と、馬淵は写真の方を振り返っていった。志穂は本棚の前に膝を落して写真を見上げている。「見てわかる通り、お祖父ちゃんのはスナップふうで、それにちょっとピンボケだろう。だから、大きく引き伸ばすのは無理なんだよ。お祖母ちゃんの方は、叔父さんや叔母さんたちが集まって八十のお祝いをしてくれたとき、町の写真屋を呼んで撮ってもらった記念写真を引き伸ばしたやつだ。」

「……お祖父ちゃんには、こんな写真しかなかったの？」

「残念ながらね。昔の人は、なにか、しかるべき事情でもなければ、気易くカメラにおさまるようなことはしなかったんだ。」

「この写真のときは？」

「それは、お父さんのクラスメートがいきなりカメラを向けて、ほとんどスナップ・ショットみたいに撮ったんだよ。」

「クラスメートって、大学の？」

「そう。」

「でも、ここは田舎の庭でしょう？」

「そうだよ。バックは田舎の家の縁側だ。そのクラスメートは東京の人間だったけど、学生時代最後の夏休みに将来あまりくることがないと思われる東北めぐりの旅を計画して、うちにも一泊したんだよ。そのとき、お祖父ちゃんにちょっと声をかけて、こっちを向いたときシャッターを切った。」

「それで、お祖父ちゃん、びっくりしたような顔をしてるのね。」

「前の日、僕と一緒に写そうとしても、きちんとした身形《みなり》をしてないからと尻込みして、応じなかったからな。だけど、友達も、それがお祖父ちゃんの晩年のたった一枚の写真になるとは思わなかったろう。」

志穂の祖父は、その翌々年の夏、二度目の脳梗塞の発作で倒れ、家で一週間寝たきりで世を去ったのだった。志穂は、なにもいわずに吐息をして、本棚の前から立ってきた。

「今日は、なんだかお祖父ちゃんにこだわるね。なにか、あったのか？」

「……ちょっとね。」

志穂は、曖昧な微笑を浮かべると、お邪魔しましたといって出ていった。

（未完）

注　記

＊本書は「一冊の本」一九九六年四月号〜九七年五月号、九月号〜十一月号に、十七回にわたり連載された未完の連作短篇集「燈火」をまとめたものです。

＊書籍化にあたり、表記は連載時のままを原則とし、漢字や送り仮名などの統一は行なっていません。ただし、明らかな誤字脱字と思われるものの訂正や、ルビの整理を行なった箇所があります。

＊なお、三カ月の休載を挟んだ九七年九月号・第十五回の冒頭では、第七章〈幻〉第六節に入る前（本書一八二頁）に、作者による次の断り書きとあらすじが記されています。

　一回だけ休ませて貰うつもりが、つい長引いて、三回にも及んでしまったから、ここで中断していた〈幻〉の章のあらましを簡略に記しておきたいと思う。

　相変わらず、馬淵とその家族たちの話。信州の山麓にある仕事場で独り暮らしをしている馬淵の許へ、三女で女子大生の七重が、自宅の書庫からはみ出した彼の蔵書を車のトランクに詰め込んで運んできてくれて、ついでに数日滞在する。季節は初夏だが、そのあたりは山麓といっても標高千五百米を越す高原だから、朝夕はまだ暖炉を焚かねばならない。

ある日、ベランダのデッキチェアで小鳥のさえずりに包まれている馬淵のところへ七重がきて、以前家族みんなで可愛がった飼犬の話をする。飼犬というのは、ブルドッグの雄で、カポネと呼ばれていたが、五歳のときにフィラリアにやられ、いまはこの仕事場を囲む林のへりの一隅に眠っている。生前暑さが苦手だったから、真夏でも涼しいこの地に葬ってやったのである。馬淵家の家族は、この仕事場へやってくると、まずカポネの墓に好物だった食パンを一枚手向けることにしている。

　七重が話したのは、ある年、ひさしぶりに出かけてきてみたら、食卓のそばの板壁に飾ってあるカポネの写真に浮かんでいた幻のような汚れのことであった。それは、あるカメラマンが写してくれたカポネの顔写真だったが、耳の方まで裂けた大きな口の一方の端から、見たこともない線状の汚れが垂直に走っていて、それが腹を空かしたカポネのよだれのように見え、妻の菊枝が忘れていた食パンを手に急いで裏口から出たものであった。

　その汚れは、いつの間にかひとりでに消えてしまい、それきり二度とあらわれないが、馬淵は改めてそのときのことを思い出し、あのよだれのような汚れはなんだったのだろうと思う。

　その晩、七重は腕によりをかけてカレーを作り、分けて貰ったビールに目の縁を赤くしながら、ストレス解消と散歩で足腰を鍛えるために、やはりもういちど犬を飼うべきだ、またカポネみたいなブルドッグを飼いましょうよ、と彼に提案する。（作者）

本書出版の経緯について

花村晶子（三浦哲郎・長女）

小説「燈火」は、朝日新聞社発行の「一冊の本」に、一九九六年四月号から翌九七年十一月号にかけ十七回にわたって掲載されたものです。途中父は、高血圧と心臓疾患のため入院加療を余儀なくされ、休載を挟みながら執筆を続けましたが、この作品を完結させることができませんでした。

母の記憶によれば、連載中断の後、担当編集者だった朝日新聞書籍編集部の古田清二さんが熱心に出版を勧めてくださり、いつでも進行できるようにと、ご自身で出版用に組み直した印刷物を作ってくださったそうです。ところが父はなかなか返事を差し上げず、そのうち古田さんも異動となってしまいました。父の意向で、やっと母がその印刷物を後任の方へ送ったときには、既にかなりの時間が経っていました。結局それきり話は進まなかったのです。

今回幻戯書房の名嘉真春紀さんから出版のお話をいただいたとき、仕事部屋のわりと目につくところに一塊に積まれていた「一冊の本」の連載のことだとすぐにわかりました。早速手に取ったものの、連載の最後が第九章のまさに途中で終っているのを目にして、このまま出版してもいいものかと、正直なところ戸惑いました。

そして頭に浮かんだのが、亡くなって直後に刊行された別の本のことです。実は最近になって、ゲラのようなものが出てきたのです。

担当者にお願いして作ってもらったのか、掲載誌をほどいてルーズリーフのようなシートに貼った一ページ一ページに、父は直しを入れていました。これを見つけたときは、この赤字を活かすことができなかったのが残念で、申し訳なく思いました。同じ轍を踏まないように、今回は、連載後に出版の話があった辺りのことをもう少し確かめてみたいと思ったのです。

母が早速「一冊の本」の編集部に問い合わせてみましたが、さすがに二十年近くが経っており、当時を知る編集部の方は残っていないとのことでした。図書館で調べたところ、確かに一九九七年の十一月号以降、「燈火」が「一冊の本」に掲載された形跡はありません。ただ二〇〇一年四月号の創刊五周年記念エッセイのページに父が寄稿しているのがわかり、それが「燈火」に触れていればと、掲載号を所蔵している雑誌専門の図書館を訪ねましたが、父が書いていたのは「燈火」とは関係のない随筆でした。

そんなある日、父の仕事部屋で、「燈火」に関するものが出てきたと、母から連絡がありました。不思議なことに、気にかかっている何かがあると、それに関連するものがよく見つかるのです。座敷童のような妖精が、知らない間に働いてくれていたりして、と妹たちと話がはずみました。

出てきたのは「燈火」の件で母が覚えていた通りのものでした。連載が中断になった辺りの、古田さんの、出版に対する父の気持ちを知りたいという手紙と、「燈火」を写したゲラのような印刷物です。これにもまた手紙が添えられていて、万が一この作品が中断になってしまうにせよ、あのままでは寂しい気がして、自分が勝手にパソコンの編集ソフトを使って校正刷り（のようなもの）を印刷したことと、何かの折に目を通してもらえることがあればと思いお届けする、と記されていました。父は返事を出そうとしたらしく、表書きと裏書きを書いて、切手を貼った封筒が、いただいた手紙と一緒に残っていました。けれども校正刷りに手を入れた様子はありませんでした。

母が以前「一冊の本」の編集部に送ったという印刷物に、書き足しはなかったのでしょうか。退職されているはずですが、やはり古田さんに連絡してみたく、朝日新聞社に電話をしました。事情を説明すると、その日のうちに古田さんから連絡があり、後任の方とも連絡が取れることになりました。その方が、後日説明してくださったところでは、父からの書き足しや修正は残念ながらなかったということでした。

お騒がせしてしまいましたが、話は振り出しに戻りました。父が「燈火」の出版に、どういう気持ちや希望を持っていたかを確かめる術はいまやありません。けれども、担当編集者の古田さんから送っていただいた写しを編集部に送ったのは、少なくとも父の気持ちが出版に向かっていた表れであると思い、進めていただくことにしました。そのことを、この本を手に取ってくださった読者の方に、ご了解いただけましたら幸いです。

またあらためまして、「燈火」連載中から中断の後まで、心にかけてくださった古田清二さん、今回この作品を見つけ出してくださった名嘉真春紀さんに、お礼を申し上げたいと思います。

父の七回忌を前に

解説　日常の時間の厚み

佐伯一麦（作家）

長く待たれていた一冊である。

二〇一〇年八月に世を去った三浦哲郎氏の代表作が、若くして命を絶ったり失踪した姉兄への鎮魂歌ともいうべき長篇『白夜を旅する人々』と、短篇の名手として野間文芸賞を受けた『拳銃と十五の短篇』であり、そして百篇を目標に書き溜められ六十二作の短篇群が残された『短篇集　モザイク』がライフワークとなったことは衆目の一致するところだろう。

そのいっぽうで、私は、中篇の「結婚」（昭和四十二年四月号・新潮）に始まり、短篇連作の『素顔』（昭和五十二年・朝日新聞社刊）、『燈火』（平成八年四月号～同九年十一月号・一冊の本）と書き継がれてきた、作者に近いとおぼしい主人公一家の日常を描いた作品の系列も愛読してきた。三浦氏が好むモーツァルトの作曲でいえば、『白夜を旅する人々』が主題を有機的に発展させ厳格な構成を持つ交響曲であるとすると、『短篇集　モザイク』は煌めくピアノ曲集であり、『素顔』『燈火』は忘れがたい旋律とその変奏が即興風に奏でられる室内楽曲の魅力と言えるだろうか。

その系列が、単行本では『素顔』で断たれてしまっていることを私はずっと残念に思ってきた。たしかに『燈火』は未完に終わった作品だが、『素顔』で描かれた馬淵一家のほぼ十年後を描いており、両作を合わせて読むことで、日常の時間に積み重なった厚み、なまではない深まりといったものを感じさせ、当節稀な読書体験を与えてくれる小説だった印象があり、「一冊の本」での連載を毎月心待ちにしていた記憶があったからである。

私の知る限り、妻に菊枝、長女に珠子の名が与えられた最初の作と思われる「結婚」は、次女が生まれるところから始まっていた（『素顔』とはことなって、主人公は「彼」で、次女は「郷子」となっている）。遊びに出たまま、日が暮れてしまっても帰ってこない上の女の子を探しに、妻が下の女の子をおんぶして出かけ、川べりの道で思いがけず頭だけ地面にのぞかせていた切石に転んでひどい怪我をしてしまう。彼は、大人の頭ほどもあった石を懸命に掘り起こし、白いアブクの塊があちこちに浮かんでいるそばの川へと捨てる。〈川面に荒い波紋がひろがり、アブクの行列が面食《めんくら》ったように立ちどまり、流れはほんのちょっとのあいだだけ止ったかにみえたが、じきにまた元の黒ずんだ川に戻った〉という不安が見え隠れしている日常を暗示させるかのような結語が印象的だった。

それから十年後、朝日新聞に連載された『素顔』は、同じ家族を描きながら、作の雰囲気、音調がずいぶんとことなるものとなった。「結婚」が短調で、ときに濁った不協和音も響いているのに対し、『素顔』は長調であり、しかもハーモニーに透明感が生まれ、至福の音楽を奏でていた。その前年に野間文芸賞を受賞して筆が乗っていた時期であり、生家の血の宿命を背負った作者が、新たに作り出した家族に自信を抱けるようになった反映がそこからは窺えそうだった（同じ井伏鱒二門下の庄野潤三氏が『静物』から『夕べの雲』にいたった道筋を重ね合わせてみたい思いが私はする）。

音楽にたとえたのは、音がよく聞こえてくる作の趣にも即してのことである。『素顔』は、一家が飼っている雄のブルドッグのカポネが日暮れどきに歌うように吼えるのを、主人公の馬淵が聞くところから始まっている。さらに、連作短篇風の各章の出だしの多くは、子供の声であったり、誰かのすすり泣きの声であったり、ぱたぱたと小旗が風にはためくような音だったりを聞くところから書き出されている。作家である馬淵は家にいて（たまには八ヶ岳山麓の山荘が仕事場だが）、ずっと原稿用紙と格闘している身だから、出来事は外からやって来ることがほとんどだろうが、それでも外界に対してつねに耳を傾け、注意、関心を払っている証左であろう。耳を傾けるといえば、馬淵は妻や娘たちの話はもとより、カポネに話しかける工事作業員の男や、娘の友人たちの話もよく聞いている。そうした市井の〝素顔〟での会話が生き生きとしているのも愉しかった。

その特質は、『素顔』の最終章の題名がそのまま受け継がれた『燈火』にもあらわれている。冒頭作の出だしは、やはり、〈（あれは、なんの音だったろう）〉と胃から吐血した直前に自分のからだの中に起こった音のことを病院のベッドで馬淵が思い出しているところから始まる。『素顔』では四十代半ばだった馬淵は、五十代半ばを過ぎている。同様に、高校生だった長女の珠子が出版社勤務に、中学生だった次女の志穂が画廊で働くように、小学生だった三女の七重が女子大生になり、〈馬淵家の家族が、全員、一つの燈火の下に顔をそろえるのは、月に何日かの、この時間だけ〉となっている。

父娘で会話が少なくなりがちな微妙な時期だが、馬淵家の場合は相変わらずよく話す。それは、長女の、恋人に会って欲しい、だったり、次女の、家を出て独立する相談に乗って欲しい、だったり、足腰が弱ってきている父親を見るに見かねて、死んでしまったカポネのようなブルドッグを飼ったらどうか、という三女の提案だったりするわけだが、馬淵は胸襟を開いて娘たちと語り合う。かくありたいと思う読者も多いことだろう。総じて、馬淵家の女性たちを指揮者なしに互いに音を聞き取って演奏する弦楽四重奏にたとえるなら、長女が第一バイオリン、次女がビオラ、三女が第二バイオリンで、それを母親のチェロが低声部でしっかりと支えている、というところだろうか。馬淵は弦楽五重奏のときに加わるビオラかチェロ。

『素顔』『燈火』両作を通読して感得した時間の厚み、深まりというのは、例えば、『素顔』では白髪を気にしはじめていたばかりの菊枝が、馬淵の姉が先天性の色素欠乏症であるために月に一度髪を黒く染めなければ生きられないことへの配慮もあって、『燈火』ではすっかり銀鼠色に伸びた髪を染めるのをやめることにし、そこに女性の髪に対する思いが籠もるところや、珠子が（後に結婚することになる）彼にこっそり渡す弁当を拵えて渡しに行くバス通りの道の近くには、高校生のときに痴漢に襲われた川べりの道があることを思い起こさせるところ、そして、死んだカポネの存在が、家族の一員だった証としてしばしば振り返られるところ……などである。時間の厚みは、日常を慈しみつつ、ずっと定点観測して暮らしてきた者のみ獲得できると思わせられる。

同じ青森の作家である太宰治が、〈炉辺の幸福。どうして私には、それが出来ないのだろう〉と短篇「父」で記した炉辺の幸福が、ここにはある。しかし、一家の団欒がいつまで続くのだろうか、という喪われることの予感は作中のそこかしこに沈められている。それを作者は悲嘆せず、むしろその境地を味わい尽くすかのように情感豊かに描く。

『燈火』が「一冊の本」に連載されていた一九九六年十月に、ある文芸誌の対談で三浦哲郎氏の胸を借りたことがあった。そこで平穏な日常を書くことの難しさについて語っていた三浦さんの言葉を最後に引かせていただこう。

〈何でもないような文章に深い情感みたいなものを込めるというのが、何も起こらない平穏な小説を書くコツじゃないかと思うんだ。何でもないことを書いている小説でも、読んでいて非常に引き込まれて感動することがありますね。やっぱりあれは情感の仕業だと思いますよ。だから、油断して書き流したりしちゃいけない〉

〈過去であれ、将来への不安みたいなものであれ、翳りがあるね。翳りに裏打ちされている幸福というか、平穏というかな。明日どうなるかわからないという不安があると、やっぱり何となくハラハラしながら読んだりすることになる。そういうものがなければ、平穏な生活を書くのはとても至難なことだと思うんですよ。書くだけなら書けるけれど、書いたもので人を感動させるというのは難しい〉

これを書き写しながら、本書の「花」の章で、ちょうど『素顔』の頃らしい馬淵家の暮らしが偶然録音されていたテープを家族一同で聴く情景が重なった。そこには、死者となったカポネも、冬だけ北国からやって来ていた馬淵の母の声も残されていた。作者の七回忌を前にして上梓される運びとなった本書も、二十年の歳月を経てそんなふうにして読者に差し出されることとなった、という感慨を私はいだいている。

装幀　緒方修一

三浦哲郎（みうらてつお）一九三一年三月十六日、青森県生まれ。県立八戸高等学校を経て早稲田大学政治経済学部経済学科へ進学するも、五〇年に休学し、八戸市立白銀中学校で助教諭として教える。五三年、早大第一文学部フランス文学科へ再入学。在学中の五五年、同人誌「非情」掲載の「遺書について」を改稿改題した「十五歳の周囲」で新潮同人雑誌賞を受賞しデビュー。卒業後の六一年、「忍ぶ川」で芥川賞を受賞。七六年『拳銃と十五の短篇』で野間文芸賞、八三年『少年讃歌』で日本文学大賞、八五年『白夜を旅する人々』で大佛次郎賞、九〇年「じねんじょ」で川端康成文学賞、九一年『短篇集モザイクⅠ　みちづれ』で伊藤整文学賞、九五年「みのむし」で川端康成文学賞を受賞。二〇一〇年八月二十九日、死去。

銀河叢書

燈《とう》火《か》

二〇一六年八月二十九日　第一刷発行

著者　三浦哲郎

発行者　田尻　勉

発行所　幻戯書房
郵便番号一〇一－〇〇五二
東京都千代田区神田小川町三－十二
岩崎ビル二階
TEL　〇三（五二八三）三九三四
FAX　〇三（五二八三）三九三五
URL　http://www.genki-shobou.co.jp/

印刷・製本　精興社

ISBN978-4-86488-106-7　C0393

✿「銀河叢書」刊行にあたって

敗戦から七十年が過ぎ、その時を身に沁みて知る人びとは減じ、日々生み出される膨大な言葉も、すぐに消費されています。人も言葉も、忘れ去られるスピードが加速するなか、歴史に対して素直に向き合う姿勢が、疎かにされています。そこにあるのは、より近く、より速くという他者への不寛容で、遠くから確かめるゆとりも、想像するやさしさも削がれています。

長いものに巻かれていれば、思考を停止させていても、居心地はいいことでしょう。

しかし、その儚さを見抜き、伝えようとする者は、居場所を追われることになりかねません。

自由とは、他者との関係において現実のものとなります。

いろいろな個人の、さまざまな生のあり方を、社会へひろげてゆきたい。読者が素直になれる、そんな言葉を、ささやかながら後世へ継いでゆきたい。

星が光年を超えて地上を照らすように、時を経たいまだからこそ輝く言葉たち。そんな叡智の数々と未来の読者が出会い、見たこともない「星座」を描く――

銀河叢書は、これまで埋もれていた、文学的想像力を刺激する作品を精選、紹介してゆきます。初書籍化となる作品、また新しい切り口による編集や、過去と現在をつなぐ媒介としての復刊を手がけ、愛蔵したくなる造本で刊行してゆきます。

既刊（税別）

小島信夫	『風の吹き抜ける部屋』	四三〇〇円
田中小実昌	『くりかえすけど』	三二〇〇円
舟橋聖一	『文藝的な自伝的な』	三八〇〇円
舟橋聖一	『谷崎潤一郎と好色論　日本文学の伝統』	三三〇〇円
島尾ミホ	『海嘯』	二八〇〇円
石川達三	『徴用日記その他』	三〇〇〇円
野坂昭如	『マスコミ漂流記』	二八〇〇円
串田孫一	『記憶の道草』	三九〇〇円
木山捷平	『行列の尻っ尾』	三八〇〇円
木山捷平	『暢気な電報』	三四〇〇円
常盤新平	『酒場の風景』	二四〇〇円
田中小実昌	『題名はいらない』	三九〇〇円
三浦哲郎	『燈火』	二八〇〇円

……以下続刊

破垣 やれがき

飯田 章

「わたし、あなたの墓には入りませんから」。収入の乏しい作家の夫。病院勤めを定年退職した妻。「いちばん身近な他人」として共に老いてゆく夫婦の日常を、私小説の名手がユーモラスかつスリリングに描き出す。男と女の一つのありようを追究した連作短篇集。

四六判上製／二二〇〇円

題名はいらない

田中小実昌

銀河叢書　たいしたことではないことでも、ついいろいろ考えてしまうのは、わるいクセかな——ふらふらと旅をし、だらだらと飲み、もやもや、ごっちゃにたくさん考える。何もないようで何かある、コミマサエッセイの真髄。初書籍化の86篇を収録。

四六判上製／三九〇〇円